大
方
s i g h t

早　春

［英］佩内洛普·菲茨杰拉德　著

黄建树　译

The Beginning of Spring

Penelope Fitzgerald

中信出版集团·北京

图书在版编目（CIP）数据

早春 /（英）佩内洛普·菲茨杰拉德著；黄建树译. -- 北京：中信出版社，2021.4
（佩内洛普·菲茨杰拉德作品）
书名原文：The Beginning of Spring
ISBN 978-7-5217-2968-9

Ⅰ.①早… Ⅱ.①佩…②黄… Ⅲ.①长篇小说-英国-现代 Ⅳ.①I561.45

中国版本图书馆 CIP 数据核字 (2021) 第 050122 号

THE BEGINNING OF SPRING
First published in Great Britain by Collins 1988
Previously published in paperback by Flamingo 1989 and 1996
Copyright © Penelope Fitzgerald 1988
Translation © CHINA CITIC PRESS 2021, translated under licence from HarperCollins Publishers Ltd.
ALL RIGHTS RESERVED

本书仅限于中国大陆地区发行销售

早春

著　者：[英] 佩内洛普·菲茨杰拉德
译　者：黄建树
出版发行：中信出版集团股份有限公司
　　　　　（北京市朝阳区惠新东街甲4号富盛大厦2座　邮编　100029）
　　　　　（CITIC Publishing Group）
承 印 者：上海盛通时代印刷有限公司

开　　本：880mm×1230mm　1/32　　印　张：8.375　　字　数：132千字
版　　次：2021年4月第1版　　　　　印　次：2021年4月第1次印刷
京权图字：01-2020-1199
书　　号：ISBN 978-7-5217-2968-9
定　　价：55.00元

版权所有·侵权必究
如有印刷、装订问题，本公司负责调换。
服务热线：400-600-8099
投稿邮箱：author@citicpub.com

一

*

一九一三年,从莫斯科乘车,经华沙转车,前往查令十字,全程需花费十四英镑六先令三便士,以及两天半的时间。一九一三年三月,弗兰克·里德的妻子内莉从赫莫夫尼基区的利普卡街二十二号出发,踏上了这趟旅程,还带上了她的三个孩子——多莉、本和安努什卡。安努什卡(也叫安妮)两岁九个月大,比起另两个孩子,她有可能惹出更大的麻烦。可是,那位在利普卡街二十二号照顾孩子们的保姆杜尼亚莎并未与他们同行。

杜尼亚莎肯定知情,弗兰克·里德却蒙在鼓里。从印刷厂回到家中后,他才从一封信中获知此事。仆人托马告诉他,信是由一位信使送来的。

"他现在人在哪?"弗兰克手中拿着信问道。信上是内莉的字迹。

"他去忙别的事情去了。他归信使协会管,协会不准他随便休息。"

弗兰克径直走到房子右后方,接着走进厨房,发现那位信使正在那里,同厨娘和她的帮厨一起喝着茶,身前的桌上放着他的红帽子。

"你是从哪里拿到这封信的?"

"有人打电话叫我到这栋房子来,"信使一边起身,一边说道,"然后给了我这封信。"

"谁给你的?"

"您的妻子,叶连娜·卡尔洛夫娜·里德。"

"这房子是我的,我就住在这儿。她怎么还用上了信使呢?"

被称为"小哥萨克"的擦鞋男仆,正在进行每周例行工作的洗衣女工,女仆,还有托马,此时已悉数进入厨房。"他本该按吩咐把信送到您的办公室,"托马说,"可您比平常回来得早一些,他还没来得及去找您,您就找上他了。"弗兰克生在莫斯科,也长在这里;他虽生性冷静含蓄,但也知道,有时得把生活演给别人看,仿佛置身舞台。才四点钟,天却已经黑了,他在窗边坐了下来,当着众人的面打开了信。他记得,结婚这么多年,自己顶多收到过内莉两三封信。没这个必要——两人几乎从不分开,况且内莉总是话很多。或许,最近说得没那么多了。

他尽可能放慢速度读着信,可信上仅有几行字,只说她走了，回莫斯科的事只字未提。他断定，她不愿告诉他到底怎么了，主要是因为她在信的末尾说，她写下这番话的时候丝毫不觉得痛苦，也希望他以同样的心情接受这一切。信上还写了"保重"之类的话。

众人默默站在那里看着他。弗兰克不想让他们失望，便小心将信折起来，放回信封里。他看向窗外昏暗的院子，院里堆着冬天用的柴火，如今还剩最后一捆。邻居家的油灯亮着，可以透过后院的篱笆看见零星的灯光。弗兰克先前同莫斯科电力公司达成协议，在家中安装了二十五瓦的照明设备。

"叶连娜·卡尔洛夫娜走了，"他说，"还带走了三个孩子，至于她这一走要多久，我还不清楚。她没告诉我她什么时候回来。"

女人们哭了起来。她们肯定帮内莉收拾了行李，并且得到了那些没装进旅行箱的冬衣，但她们的眼泪与伤悲一样，都出自真心。

信使手里拿着他的红帽子，依然站在那里。"钱给你了吧？"弗兰克问他。那人说还没有。按协会的规矩，付给信使的钱在二十到四十戈比[1]之间，可他想问的是，这

---

[1] 俄罗斯等国的辅助货币。一百戈比合一卢布。（译者注。本书除特别注明外，均为译者注。）

位信使是否已经拿到了这笔钱。院子里的杂务工此时进入厨房，也将煤油与锯屑的气味，以及某种明显的寒气带进了屋内。早些时候，他肯定尽心尽力地帮内莉搬了行李，虽然如此，弗兰克还是得把所有事情再向他解释一遍。

"把茶端到客厅去。"弗兰克说。他给了信使三十戈比。"我六点吃饭，和往常一样。"一想到孩子们不在家，也就是说，多莉和本放学不会回家，安努什卡也不在屋子里，他就有种窒息的感觉。三个孩子今早还在他身边，可现在一个都不在了。眼下，他不知自己将来得有多么想念内莉，也不知自己此刻有多么想念她。他决定暂时不去想这件事，待以后再评判此事对他的影响。他们之前一直在考虑去一趟英格兰；弗兰克惦记着这件事，早就去当地的警察局和中央警察机关为家人办好了国际护照[1]。也许在护照上签名的时候，内莉脑子里便有了种种想法。可内莉又是何时让这些想法进入她脑子里的呢？

十九世纪七十年代，弗兰克的父亲在莫斯科创办了里氏公司，那时，公司做的是进口和装配印刷机械的生意。作为兼营业务，他父亲还收购了一家规模较小的印刷厂。弗兰克几乎只保留了那家印刷厂。如今，来自德国人以及

---

[1] 在俄罗斯，人们有两本护照，一本叫"国内护照"，一本叫"国际护照"，前者相当于我国的身份证，后者相当于传统意义上的护照。

直接进口的竞争太过激烈，很难靠装配厂挣到钱。不过，里德印刷厂生意足够兴隆，他还找到了一个通情达理、让他满意的人来做管理会计的工作。说起塞尔温，也许"通情达理"这个词并不合适。他没娶妻，似乎从不抱怨，是托尔斯泰的追随者，托尔斯泰去世后，他甚至更加坚定不移了；另外，他还用俄语写诗。弗兰克以为俄国诗歌与桦树和雪有关；在塞尔温最近读给他听的几首诗里，桦树和雪确实多有提及。

弗兰克走到电话前，摇动两次摇把，请求接通里德印刷厂的电话，又重复了几遍电话号码。与此同时，托马端着茶壶现身了，是个小号茶壶，想必很适合这位落了单的一家之主。壶里的水马上就要煮开，发出了微弱的咝咝声，让人有些期待。

"我们该拿孩子们的房间怎么办，先生？"托马低声问道。

"关上门，让房间保持原样。杜尼亚莎在哪儿？"

弗兰克知道，她现在肯定就像犁沟里的一只山鹑，正躲在屋子的某处，以免被他责备。

"杜尼亚莎想和您谈谈。既然孩子们都走了，那她以后做些什么呢？"

"告诉她，让她尽管放心。"弗兰克觉得自己说起话来就像个任性的农奴主。自己肯定从未找过他们的大麻烦，让他们担心自己会丢掉饭碗吧？

电话接通了，塞尔温用俄语说道："我正听着呢。"他的声音很轻，像是心里有事。

"听我说，我今天下午本来不想打扰你，可出了些我没料到的状况。"

"你似乎有些不对劲，弗兰克。跟我说说，你遇上什么事了，是高兴事还是伤心事？"

"照我说，这事还挺让我震惊。如果非要二选一，那我选'伤心事'。"

托马退出起居室，去门厅待了一会儿，说了些"会有一些变化"之类的话，然后退到厨房。弗兰克继续说道："塞尔温，这事跟内莉有关。我猜，她回英格兰了，还带走了孩子们。"

"三个都带走了？"

"是的。"

"可是，她会不会是想去见一见……"塞尔温犹豫了一番，仿佛很难找到恰当的字眼来形容人和人的关系，"……难道有人不想见一见自己的母亲吗？"

"她一个字也没说。再说，我还没遇见她的时候，她母亲就过世了。"

"那她父亲呢？"

"只有她哥哥还活着。他没搬过家，一直住在诺伯里。"

"在诺伯里。弗兰克，你居然娶了个孤儿！"

"呃，照你这么说，那我也算孤儿，而且你也算。"

"啊，可我都五十二了。"

塞尔温脑子很好使，这股聪明劲儿常能派上用场，会在他工作时，也会在其他时候，在人们几乎不抱希望的时候出人意料地显露出来。他说："先不说了。我正在对照出纳实发的工资核对工资单。你说过，你希望我多做做这件事。"

"我确实希望你能多做做这件事。"

"忙完这件事，要不我们一起吃饭吧，弗兰克？我可不希望你就这么干坐着，兴许正……盯着一把空椅子看。来我家，简单吃点儿，不去饭店，那里的环境一点儿人情味都没有。"

"谢谢你，不过还是算了。我明早去厂里，跟平常一样，大概八点到。"

他将听筒放回坚固的铜制座架上，在屋里巡视起来，屋里很安静，只听得见从远处厨房传来的此起彼伏的声音，那声音很耳熟，似是从某场热闹的派对传来，不过也能听到某种别的声音，仿佛突如其来的呜咽声。以弗兰克的标准来看，这栋房子有些摇摇欲坠，但很宽敞，房子的一楼是石砌的，二楼是木造的。巨大的炉子表面铺着产自普列斯尼亚区的白色瓷砖，使得整个一楼都很暖和。屋外，朝着莫斯科河的河湾方向看去，只见一道奇特的浅黄色亮光划过暗蓝色的天空。

正门口有人，接着，托马将塞尔温·克兰请进了屋内。直到弗兰克换了个环境见到塞尔温，他才想起，塞尔温的相貌对于一个英国商人来说有多不同寻常，虽说他几乎每天都会在印刷厂见到塞尔温，但还是经常忘记这一点。塞尔温又高又瘦——就此而言，弗兰克也一样——可他还是个苦修者，笑起来很和善，探究起事情来很认真，看起来不太清醒，他似乎任凭自己日渐消瘦下去，一开始还显得与这个世界格格不入，后来几乎变成了透明人。他身着一件黑色长大衣，穿着一条英式粗花呢长裤，长裤出自一位莫斯科的裁缝之手，做得短了一大截，他还穿了一件俄国农民常穿的高领工作服，以此来纪念列夫·尼古拉耶维奇·托尔斯泰。屋内很暖和，没有女士在场，他便脱掉大衣，让工作服粗糙的布料耷拉下来，堆叠在他瘦削的肋骨处。

"好哥儿们，我来了。听到了这样的消息，我可不能让你自个儿待着。"

"可我宁愿那样。"弗兰克说,"我要是明说,你不会介意吧?我宁可自个儿待着。"

"我是坐二十四路电车来的。"塞尔温说,"我运气挺好,几乎一到车站就坐上了车。请放心,我不会待很久。办公的时候,我突然有了一个想法,我立马知道,这个想法兴许能让你好受一些。于是我即刻动身,朝外面的车站走去。弗兰克,这种事在电话里讲不清楚。"

弗兰克坐在对面,把头埋进手里。他觉得自己可以忍受任何事情,却无法忍受别人执意以一种无私的态度待他。然而,塞尔温似乎受到了鼓励。

"忏悔的人才会有这种态度,弗兰克。没必要这样。我们都是罪人。我想到的倒跟'内疚'无关,而跟'失去'有关——这也有个前提,那就是我们把'失去'当作'放手'的一种形式。要知道,'放手'——或是世人用来表示'放手'的某种概念——不会让人遗憾,只会让人欣喜。"

"不,塞尔温,不是这么回事。"弗兰克说。

"列夫·尼古拉耶维奇曾试图把他所有的财产赠送给别人。"

"那么做是为了让农民更富裕,而不是让他自己更贫穷。"托尔斯泰在莫斯科的庄园离利普卡街只有约一英里远。在遗嘱中,托尔斯泰把这座庄园赠给了农民们,此后,那些农民便一直砍树来换取现金。他们甚至在晚上也干活儿,借着煤油灯发出的光亮把树砍倒。

塞尔温身体前倾,一双浅褐色的大眼睛异常专注地看着弗兰克,眼中洋溢着温和的好奇与善意。

"弗兰克,到了夏天,我们一起去徒步旅行吧。我虽然已经很了解你,但若能在天气晴朗的时候一起漫步在平原和森林里,我肯定可以更好地了解你。弗兰克,你很勇敢,可我觉得你没什么想象力。"

"塞尔温,今晚我可不希望有人来看透我的心思。老实说,我觉得我承受不来。"

托马再次出现在门厅,帮塞尔温穿上他那件散发着一股难闻气味的无袖羊皮大衣。弗兰克重申,他会在老时间到印刷厂。外面的门刚关上,托马便失望地说,塞尔温·奥西佩奇连一口茶也没喝,甚至连一杯矿泉水都没喝。

"他只待了一会儿。"

"先生,他是个好人,总是在赶路,寻找那些有需要或绝望的人。"

"他在这里可找不到这两种人。"弗兰克说。

"也许他给先生您带来了些消息,关于您妻子的消息。"

"要是他在火车站工作，兴许他还真会给我带来些消息，可他不在。她坐上了去柏林的火车，我就知道这么多。"

"上帝垂怜。"托马含糊地说道。

"托马，三年前，也就是安努什卡出生的那一年，你来到了这里，那时候你曾对我说你不信教。"

托马的脸松弛下来，露出了皮革般的皱纹，脸上写满善意，看样子，他已经准备好在接下来的数小时内进行一场漫无目的的讨论。

"先生，我不是不信教，而是思想自由。也许您从来没有想过两者的区别。既然我思想自由，我喜欢什么，就能信仰什么。今晚，鉴于您处境悲惨，哪怕明天一早我就不相信上帝存在，我照样可以把您交给上帝，让他来庇护您。作为一个没有宗教信仰的人，我当然有义务不信教，这样一来，我的思想就被限制住了，可这是不合理的。"

过了一会儿，他们发现，塞尔温的那只公文包——实际上是个塞满了纸的乐谱盒，由于主人经常在有轨电车车站等车，等车的时候又多次淋雨，盒子已变得很僵硬——被落在了衣帽架下面的长凳上，衣帽架下面还放着成排的毛毡鞋。这种事之前屡次发生，熟悉的一幕倒是起到了某种安慰作用。

"明早我会把它带去厂里。"弗兰克说，"记得提醒我。"

二

*

直到几年前，莫斯科早晨的第一声响动还是由牛群发出的，关在畜栏和后院里的它们走出小街，穿过那些有轨马车，走到赫莫夫尼基边缘处的会合点，在那里，市政府安排的饲养员会领着它们去牧场，要是冬天就领着它们摸黑去郊区堆放干草的地方。自从电车轨道实现了电气化，牛群便消失了。除了教堂的钟声，发出第一声响动的成了清晨五点开始运营的有轨电车。在二月，人们隔着内窗和外窗，两种声响皆不可闻，自前一年的十月起，这些窗户便紧闭起来，屋内也变得暖和且清静。

弗兰克起了床，准备做本该在前一晚做的事，却依然希望不必发那些电报。接着，他最好找个时间去那位英国牧师的办公处，在那里，他会见到塞西尔·格雷厄姆牧师，并尴尬地发现，牧师的那番话几乎帮不了他什么忙。这也意味着他必须向格雷厄姆太太解释一番，事实上，她不仅会在一旁看着，还会发表意见。也许弗兰克该等上一两天再去牧师那里。

七点差一刻,电话响了,固定在一张小写字台上的两个铜铃铛发出刺耳的丁零当啷声。打电话的是亚历山大火车站的站长。弗兰克跟他很熟。

"弗兰克·阿尔贝托维奇,出了点儿差错。你得赶紧过来领走,或是派个负责任、靠得住的人来。"

"领走什么?"

站长解释说,弗兰克的三个孩子被留在他的站点,他们从莫扎伊斯克[1]来,在那里坐上了半夜从柏林开来的火车。

"他们随身带着一只脏衣篮。"

"就他们三个吗?"

"是的,就他们三个。不过我妻子正在茶点室照顾他们。"

弗兰克已经穿好了外套。他沿着利普卡街走了一会儿,想找辆雪橇,也希望车夫刚开工,而不是忙了一整夜,喝得大醉、半醉、宿醉或是"波德维佩夫奇耶"[2]——也就是微醺时再度开工。他还想要一匹看起来耐得住性子

---
1 莫扎伊斯克(Mozhaisk),俄罗斯莫斯科州的一个城镇,位于莫斯科以西约110千米处。
2 原文为用英文通过俄文发音拼写出的"单词"。

的马。他在转角处叫住一位车夫，灯光下，车夫的衣领翻了起来，衣领之上的脸很小，长着斑，一副逆来顺受的模样。

"去亚历山大火车站。"

"是布列斯特火车站[1]。"车夫说。很明显，他拒绝弃用旧站名。总的来说，这倒是令人心安。

"等我们到了那里，你得先等着，不过我说不上得等多久。"

"有行李吗？"

"有三个孩子，外加一只脏衣篮。我不知道还有些什么。"

马在雪地里缓步前行，吃力地爬上了诺温大街后，又自个儿寻着路下了坡，走向普列斯尼亚区。它很习惯这样的路线，要知道，若地势陡峭，上下坡会收更多钱，可这并非去火车站的最快路线。

"转弯，老兄。"弗兰克说，"走另一条路。"

车夫看似毫不惊慌，只是在路中央掉转了方向，冻雪则被刮出一道道形同灰色田垄的痕迹。马儿受了惊，想要

---

[1] 19世纪60年代开始，从莫斯科经斯摩棱斯克到明斯克和华沙方向的铁路开建。1871年，铁路延伸到布列斯特，火车站也被更名为布列斯特火车站（Brest Station）；1912年，莫斯科-布列斯特铁路线被更名为亚历山大铁路线，火车站也被命名为亚历山大火车站（Alexander Station）。

振作起来,却四蹄交错,步伐笨拙,仿佛什么乱了方寸的生物。马肚子咕咕作响,马儿再三咳嗽,光听这些声响,似乎这不是一匹马,而是一台出了故障的机器。等到他们安定下来、沿着特维尔大街一路小跑的时候,弗兰克问车夫是否有孩子。车夫说,他的妻子和家人不在他身边,被留在老家罗维克村,他自个儿谋生计。嗯,可到底有几个孩子呢?两个,不过霍乱时都死在了罗维克。他妻子既没钱,又没门路,弄不来可以证明孩子们死于其他病症的文书,于是他们只能被埋在瘟疫公墓,可没人知道公墓在哪里。说到这儿,他拘谨地笑了笑。

"怎么不让妻子来给你做个伴儿呢?"

车夫说,女人只能彼此做伴。她们为彼此而生,整个白天都聚在一起聊天。到了晚上,她们便累得一点用处也没有了。

"可我们不该独自生活。"弗兰克说。

"生活是会修正自己的。"

他们不得不把雪橇停在火车站后面的货场。车夫不是那种脑子灵光的人,别人不许他在车站入口处候着。

"我尽快回来。"弗兰克边说边给了车夫些茶水钱。这话只能算是笼统的鼓励,除此之外毫无意义,不过车夫也明白这一点。雪正轻轻落下。车夫吃力地拽出一大块四四方方的绿色油布,盖在了马儿身上,马儿耷拉着头,打着盹儿,做着梦,梦到了夏天。

货场为环形线铁路提供服务,该铁路环绕整座莫斯科城,将货物从一个仓库送往另一个。雪橇到达货场时,一批来自东边某家工厂的金属小十字架也正好送到。两个男人正仔细核对许许多多用稻草编织的盒子。

弗兰克走过卸煤处和储藏室,穿过火车站洞穴似的后门入口。一缕灰暗的光线从高处透过玻璃穹顶射了进来。那里人不多,其中一些显得失魂落魄,他们常出没于车站和医院,期望当着那些焦头烂额的人的面——他们道别、重逢、抱恙、谢世——寻到些许人生意义。其中有几位正坐在火车站餐馆的角落里,既不好奇、又不愤恨地看着那些有钱在闪亮的栏杆前或柜台旁点餐的人。

站长不在那里。"长官在自己的办公室。这里是茶点室。"男侍说道。"是呀,"弗兰克说,"不过,早些时候,他夫人不是带着三个孩子来过这里吗?""他夫人从没来过这里,她不住这里,她在长官家。"一位又高又壮的女侍者用胳膊肘把他推向一旁,同时抬起吧台的折叠板,走了出来。"三个英国小孩,一个棕头发、蓝眼睛的女孩,一个棕头发、蓝眼睛的男孩,还有个睡着了的小女孩,她的眼睛是闭着的。""他们身边有只脏衣篮吗?""是的,那个小女孩坐下的时候，把腿搁在了篮子上，她的腿太短了，好像还够不着地吧？"

"孩子们现在在哪儿？"

"他们被带走了。"

女侍者双臂交叉、放在胸前，似乎在质疑或是谴责他。她说话带着格鲁吉亚口音；他知道，仅仅将格鲁吉亚视作一个充满玫瑰和阳光的国度，这种想法非常愚蠢。格鲁吉亚人喜怒无常，但以此为荣。弗兰克说："不管怎么说，你都不用担这个责。你用不着盯着茶点室的每个人。"她随即让了步，急着想取悦弗兰克。

"他们不是您的孩子。我看得出来。您不会让他们就这样来到这座城市，连个照顾他们的人也没有。"弗兰克问站长住在哪里。他家在普列斯尼亚区，位于公墓和弗拉索夫砖瓦厂之间。

他再次穿过煤场那片经过打扫、被车轮碾轧过的雪地。马儿站着，一动不动；远远望去，白茫茫一片，只见车夫走出了男厕所。他同意在弗兰克步行去不远处的普列斯尼亚区期间原地待命。

支路上散落着煤渣、马车上的弹簧、废弃的铁块，还有上了一层黄釉、曾一度用来给博特金牌茶叶以及杰伊斯牌消毒液做广告的锡条。沿路每隔一段距离就会出现一些木屋，它们被造得比地面高出两级木质台阶；弗兰克发现，这些屋子的入口都在屋后，跟村里一样。他根据指引到了十五号，屋子的后门实际上并未上锁。他走了进去，关上后门，发现身前还有两扇门。

"有人在家吗？"他大声问道。

右边的门开了，他的女儿多莉出现了。"你早该来了。"她说，"真的，我们不该待在这里。"

屋内，铺着油布的桌子被推到了右手边的角落里，这样一来，便没人能背对圣像画和照射它们的昏暗灯光落座了。安努什卡靠着脏衣篮睡觉，本在桌旁看报，这份《戈比报》专门登些强奸和谋杀之类的消息。可他抬起头来，说道："要是你乘坐的火车行驶在主干线上，轨道旁的柱子间距是二十分之一里[1]，如果火车两秒钟能行驶这么远，那说明你的速度是每小时九十里。"

"到底是怎么回事？"弗兰克问，"谁在照看你们？你们中途迷路了吗？"

一位身着罩衣、深色皮肤的女子走了进来，照她的解释，她不是站长的妻子——若真有其人的话——而是在必要时来搭把手的厨娘。

---

1 此处的"里"指的是"俄里"，1俄里约等于1.07千米。

"她一天只挣八十戈比。"多莉说,"她得做那么多事,这些钱可不算多。"她抱住那女人的腰,柔声用俄语说道:"你挣得还不够多,对不对,小妈妈?"

"我先把该给别人的钱都付了,"弗兰克说,"然后直接回利普街。恐怕我们必须叫醒安妮了。"

孩子们的外衣正在炉子上烘干,一同烘干的还有站长的另一套制服,以及一堆铁路上用的毯子。取下桦木衣架的人仿佛正灵巧穿梭于船帆下。就在别人费劲儿给安努什卡穿皮外套的时候,她醒了过来,问自己是否还在莫斯科。"嗯,还在。"弗兰克答道。

"那我想去缪尔商场。"

缪尔和梅里利斯是一家百货商场,安努什卡几乎每次去那里都会收到精明的楼层经理额外送给她的小礼品。

"现在可不行。"多莉说。

"要不是安努什卡,"本说,"我想妈妈也有可能带上我们。我也不确定,但我觉得有可能。"

整栋房子开始摇晃起来,不是渐渐地,而是突然摇晃起来,有人在猛拍靠外面的那扇门。厨娘在胸前画起了十字。拍门的是驾雪橇的车夫。"我可没想到你会用这么大的气力敲门。"弗兰克对他说。

"还得等多久?多久?"

与此同时,站长从屋子正门走了进来,也许他想弄明白自己家里发生了什么。大概只有他走正门。这意味着所有人——弗兰克、孩子们、厨娘以及站长——只好一起再坐上半小时。安妮的外套只好再次脱下来。她立马再次睡着。站长拿来钥匙,打开橱柜,从里面取出茶和樱桃果酱。厨娘突然宣称自己无法忍受和她的多莉、她的达里娅莎分开,还说多莉长得特别像小时候的自己。站长依然戴着他那顶红色的制服帽,他哀叹自己在亚历山德罗芙娜遇到了困难,被一群外国游客纠缠不休。他的时钟全都与圣彼得堡时间保持一致,十分准确,比欧洲中部时间早六十一分钟,比格林尼治时间早两小时一分钟。这群游客到底有什么难处呢?

"你可以让人把你调到顿涅茨盆地[1]去。"本提了个建议。

"你儿子多大?"

"九岁。"弗兰克说。

"告诉他,亚历山大火车站的站长已经是最大的官了。没什么官比这个更大。国家的铁路部门也没办法让我做更大的官。可这也不怪他,毕竟他还小,再说他妈妈也不在

---

[1] 顿涅茨盆地(Donets Basin),欧洲东南部的大产煤区和工业区,以其丰富的煤储量而闻名。

他身边。"

"说到这个,那你妻子呢?"弗兰克问。原来是这么回事:站长的妻子在莫斯科没有信得过的人,便回乡下老家去,想再招些女侍,为春天做准备。他们打算离开时,车夫才头一回说那匹马已经老了。

"到底有多老?"本问,"你知道吗,它们到底能活多久,是有规定的。"车夫说他是个小鬼头。

"这些孩子全都是小鬼头。"弗兰克说,"现在,我希望把他们送回利普卡街上的家中。"

他们本有可能一去数载。全家人,整栋房子,似乎在边笑边哭。这场狂欢——他们觉得这就是场狂欢——只有杜尼亚莎缺席。她几乎立刻走到弗兰克面前,索要她的国内护照,若旅行距离超过十五英里,就需要这本护照,而护照得交给雇主保管。她想离开,在这个家,她受到了种种批评,已不再开心。弗兰克从书房的抽屉里取出护照,他把这类物件全都锁了起来,藏在书房。他觉得自己像是个伤好了一半的人,生怕伤口恶化,所以不去管它反倒更好。内莉没有托孩子们给他带口信,她只字未说;他觉得,自己最好还是别想这件事了,否则他可能会承受不来。他父亲一向认为,人的思想非常灵活,无边无际;他还认为,依照事物的本质,从没有人要求我们去承担超出我们承受范围的事情。弗兰克总觉得父亲的想法很可疑。去年冬天,印刷厂的一位机械工人在夜里去了离温达瓦火车站不远的某地,躺到了铁轨上。他这么做,是因为他的妻子带着她的情人住到了他们家。可火车轴距的高度使得火车刚好打他上方经过,到头来,他毫发无损,倒像个醉酒的农民。四辆火车驶过后,他便起身乘有轨电车回了家,此后则如常工作。人的忍耐是否有个限度?这件事让这个问题没了定论。

屋子里依然弥漫着一种愉悦的氛围,这种氛围蔓延到院子里,连看院子的狗和关起来过冬的鸡也明显受到了感染。这时,多莉穿着叶卡捷琳娜文理中学[1]的棕色校服走了进来,让弗兰克给她辅导家庭作业,毕竟她九点钟得到学校。她摊开自己的地图册、尺子,以及地理课的练习册。

"我们正在研究不列颠群岛。我们得标出工业区以及主要用来养羊的地区。"

"你把这些都带上了火车吗?"弗兰克问。

"是的。我觉得它们可能会派上用场,哪怕我再也不

---

[1] 文理中学是一种非常强调学术学习的学校,旨在为学生提供高级中等教育。20世纪之前,其广泛存在于欧洲的许多国家中,在这些国家的教育制度中扮演了重要角色。

会回叶卡捷琳娜了。"

"你们不在的时候,家里挺冷清的,总之,就是有些冷清。"

"我们也没离开多久。"

"够久了,我都能体会你们不在到底是什么滋味了。"

多莉问:"难道你不知道妈妈在做些什么吗?"

"老实说,多莉,是的,我不知道。"

"我还以为你知道呢。"她迅速补充道,"这对她来说挺难的。要知道,之前她可从没照顾过我们,杜尼亚莎把事情都做了。安努什卡不肯乖乖坐着。妈妈找服务员要了一点缬草汁[1]来让她安静些,可服务员没有。当然,我们本该自己带一些,可我没收拾行李。你就不该指望她自个儿应付得过来。她不得不把我们送回来,我们只会拖她的后腿。我觉得你对她的要求太高了。"

"我不这么觉得,多莉。我很清楚自己在想些什么,你妈妈也是。"

---

1 缬草汁有镇定、助眠之效。

三

*

弗兰克的父亲艾伯特·里德在世时，是个目光长远的人——也许还不够长远——可在俄国，看得太清楚也是种过错，只会让人丧失信心。他意识到，英国的投资者、铁器制造商、磨坊主、锅炉制造商、工程师、赛马训练师以及家庭女教师不再受欢迎的时期即将到来。将一切收入囊中的要么是俄国人，要么是德国人；可他觉得，好日子还能持续一段时间。十九世纪七十年代，他开始创业，那时候，他实际上只需要一份证明自家公司的章程符合英国法律的文件，以及圣彼得堡出具的一份表明自家事业符合俄罗斯帝国利益的表格。此外，得有一副好肠胃，酒量得好——尤其得擅饮烈酒——擅长交际，还得有一种本能，知道在贿赂穿着制服的人、政治警察、直接进口和工商业部门的办事员、技术和卫生检查员的时候该给多少才算合适，才不至于一无所获。这种贿赂必须叫作"礼品"，弄明白这个词以后，俄语学习才算入了门。其他的手续——

例如，把资产负债表送到中央政府以及当地的税务机构——都只是些文书工作，均由里德在罗戈兹卡亚区工地的一栋旧木屋里借着灯光，在妻子的帮助下自行完成。就像俄国的贵族和商人一样，外国的公司依据其资本以及工厂的燃料（烟煤、桦树皮、无烟煤、石油）消耗量，也被划分为不同等级。里氏（印刷机械厂）算是中等水平。弗兰克的父母是公司仅有的两位合伙人。两人都来自大家庭，所以伯特[1]才会一开始就被送到俄国去谋生，可他们只有一个儿子。小时候，有一两次，弗兰克曾被送到英格兰，和他在索尔福德的亲戚住在一起。他在索尔福德过得很快活，要知道，只要有点儿机会，他在哪里都过得很快活。十八岁时，他又回去待了很久，比之前要久得多，这次是为了接受机械工程和印刷方面的培训，他先是在拉夫堡理工学院学习，后来又去诺丁汉的克罗珀家[2]当学徒。

在克罗珀家，他干得相当不错，而且生平第一次踢起了足球。就在这时，他父亲给他写了封信，说打算开一家印刷厂做副业，场址选在离莫斯科市中心非常近的撒拉弗街。当时，只要不在突厥斯坦、高加索以及任何可能发现

---

[1] 伯特（Bert）是艾伯特（Albert）的昵称。
[2] 诺丁汉的克罗珀家族（Croppers）在当时是著名的印刷世家。

石油的地区，法律并不禁止外国人置办地产；他觉得那块地兴许可以用极低的价格拿到。一开始，他只打算使用手动操作的印刷机——都是些印压机——看看生意到底如何。那地方是个旧仓库，还有扩容空间。虽然交易尚未完成，可人们已经把那里叫作"里德卡"了，意思是"亲爱的小里德"。

信里还附了一张撒拉弗街的照片，它看起来就像莫斯科的大多数小街道，几乎无法修补，空空如也，狭窄逼仄，千疮百孔，墙皮脱落，孩子们聚在一起，将一辆兜售着一些无从辨认的东西的货运马车团团围住。街道上方是白色的天空，以及比天空更白的巨大云彩。看到那些商场的招牌，弗兰克泛起了思乡之情。佩尔洛夫[1]的茶砖，五个戈比能买二十支的卡普拉香烟，还有一家貌似叫"马克尔酒吧"的卡巴克[2]。

他父亲落款时通常使用俄式日期，比诺丁汉的日期要

---

[1] 谢尔盖·瓦西里耶维奇·佩尔洛夫（Sergei Vasilievich Perlov，1835—1911）出身于茶商世家，是俄国赫赫有名的茶商。他是俄国第一个把茶叶装在时髦的罐子和陶瓷容器里销售的人。他还开办了莫斯科第一家专业茶馆佩尔洛夫茶馆（Perlov Tea House），茶馆的装修融入了许多中国元素，并营业至今。
[2] 卡巴克（kabak）为俄国沙皇统治时期的一种酒吧，在那里可买到由政府或包税人出售的酒精饮料。最早的卡巴克出现于16世纪50年代的莫斯科。

早十三天[1],所以需要在日期上做些调整,可弗兰克记得,父亲一定是在那年三月提到了塞尔温·克兰,他得到了聘用,不是在厂房工作,而是在里德卡做会计。几周后,克兰似乎变得非常虔诚了。"我倒不反对这一点,不过总的来说,我觉得宗教对女性比对男性更有用,因为宗教会让人听天由命、安于现状。"在接下来的一封信里,伯特对"虔诚"一词用得是否恰当表示了怀疑。"高尚"兴许更恰当。"克兰如今宣称自己是素食者,我想,《圣经》里倒是没有任何一处禁止他这么做;他还告诉我,他有好几次跟托尔斯泰伯爵[2]相谈良久。托尔斯泰这个人相当了不起,弗兰克。"他继续说,"可幸好人们不用依照其信徒的古怪举动来评判那些伟人。不过,事实上,克兰对数字很在行,到目前为止,他是个相当不错的实干派——来我这儿工作前,他在英俄银行工作。他本该如我所料,攒下一大笔钱——他没结婚——然后继续靠攒下的钱和我给他的薪水生活,他却把钱给了别人,因为他觉得,任何买卖行为都是危害人类的罪行。我问他,他这么做,难道不会

---

1 当时,俄国采用旧历(儒略历),而英国采用新历(公历)。历史上,历法曾经过改革,造成了旧历和新历在日期上的差距(新历每400年较旧历少3天)。18世纪的旧历日期比新历日期早11天,19世纪早12天,20世纪早13天。1918年1月26日,苏俄政府宣布停止使用旧历,采用新历。
2 即列夫·托尔斯泰。

让人感到非常意外吗?他说,他倒是认为财富不该用来为个人谋利。我打算以戏谑的态度对待整件事,便说,那么你觉得我做了坏事吗,克兰?接下来,你肯定会拒绝和我,也就是你的老板,握手吧?我本以为我这么说会让他措手不及,可他却吻了我,先吻了一侧脸颊,又吻了另一侧——你也很清楚,俄国人有这种习惯,可弗兰克,这一切甚至没发生在账房,而是在车间。"

然而,他父亲在谈到他聘请的首席排字员的时候,却一点也不犹豫,说那家伙非常优秀,干起活儿来相当可靠,若想把雅各布·特维奥尔多夫赶走,那可得发动一场革命。弗兰克想,等到时机成熟,我倒要看看我到底需不需要这些人。等到那时候,我会拿定主意的。

一九〇〇年,弗兰克换到了诺伯里的霍氏[1]公司,打算积累经验,让自己更了解最新的印刷机器。正是在诺伯里,他遇见了内莉·库珀。她和她的哥哥查尔斯(一位见习律师)以及查尔斯的妻子格蕾丝一同住在朗费罗路六十二号。那是一栋漂亮又坚固的房子,进门处有两扇门,靠里的那扇镶着彩色玻璃,玻璃是新的,质量上乘,色泽雅

---

1 霍氏公司(Hoe's)全称为 R. Hoe & Company,是一家总部设在美国的印刷机制造商。依据史料,至 1909 年,公司在纽约的工厂有 2 500 名雇员,在伦敦则有 800 名雇员。

致，是朗德斯与德鲁里工作室[1]的手笔，画的是"天路历程"中的快乐山[2]；餐厅和厨房在地下室；客厅连接着一段漆成绿色的铁质台阶，台阶通往花园，园内有一小段篱笆，辟出一块菜地；一楼有三间卧室，其中一间空着，因为查尔斯和格蕾丝一个孩子也没有。弗兰克在一栋提供膳宿的公寓租了个房间，女房东都快把他饿死了，不过在他看来，她很可能是无意的。他加入了当地的合唱团（在曼彻斯特和诺丁汉，他也这么做过）。吃茶点的时候（他们当时正在排练《海华沙》[3]，或许练得有些过头了），他拿了不止一个鱼酱卷，不得不向正在帮忙上茶点的内莉道歉。内莉问他从事何种工作，还问他是否必须举着重物在露天走来走去，所以才会不由自主地胃口大开。然后，她并没有特别认真听他回答，只说自己已教了四年书，为了

---

[1] 1897年，英国艺术家玛丽·朗德斯（Mary Lowndes，1857—1929）和艾尔弗雷德·J. 德鲁里（Alfred J. Drury，1868—1940）一同创立了朗德斯和德鲁里彩色玻璃工作室。工作室位于伦敦的切尔西，主要为专业的艺术家提供从设计到玻璃选择、绘画和上釉等全方位服务。
[2] 此处的"天路历程"（Pilgrim's Progress）出自英国基督教作家、布道家约翰·班扬（John Bunyan，1628—1688）的同名作品。《天路历程》于1678年2月出版，是一首基督教的寓言诗，后来也被认为是小说。它被认为是最重要的英国文学作品之一。快乐山是作品中的一处地点。
[3]《海华沙》（Hiawatha），全名为《海华沙之歌》（The Song of Hiawatha），为英国作曲家、指挥家塞缪尔·科尔里奇-泰勒（Samuel Coleridge-Taylor，1875—1912）于1898年至1900年期间所作。

拿到证书,准备参加资格考试。

"我二十六岁了。"她补充道,仿佛现在说和之后任何时间一样。

"你喜欢教书吗?"

"不怎么喜欢。"

"那你就不该继续教书。你不该去争取那张证书。你应该接受培训,做自己想做的事,哪怕只是扫大街。"

内莉笑了起来。"那我还挺想看看我哥的表情。"

"他担心你吗?"

"总之还行。我想,其实我也不是非得工作。"

"那你为什么还要工作呢?我不明白。"

"工作的时候,我不用待在家里。这样一来,我就不会碍我嫂子的事,她也用不着整天看着我。"

"她这样说过你吗,库珀小姐?"

"不,她不会说那种话的。她生病了。"

她看待事物的方式给弗兰克留下了深刻印象——有些尖酸刻薄,还很犀利,并非出于恶意,而是因为不愿向生活妥协,也不愿向自己妥协。这次见面后,弗兰克便可以名正言顺地把内莉从漏风的朱比利礼堂——他们排练的地方——送回家。内莉得帮忙把合唱团的那些餐具收拾好。然后她穿好大衣,又把鞋子放到防水袋中。为表明自己的态度，弗兰克从她手中接过袋子。他总是干净利落地做好每一件事，从不小题大做。

"要是我们这会儿在莫斯科，雪应该一点儿都没化。"他走在她身旁，边说边下台阶。

"我知道。"内莉说，"虽说在学校学习地理的时候会学到这些知识，可大家还是不信。"

"对，你得亲眼看一看。正因为学到了这些知识，你才想亲眼看一看。"

"那，你是在俄国上的学吗？"

"嗯，是的。"他说。

"呃，如果你在俄国的时候从书中了解到诺伯里，你还愿意来这里看一看吗？你得跟我说实话。"

"我愿意。"弗兰克说，"不过我得提前知道将来会有这样一位好姑娘陪着我。"

她没理会这句话，可弗兰克感到很满意。他问她觉得《海华沙》怎么样。她告诉他，作曲者就住在克罗伊登，离这里不远，大家觉得这是他的作品中他本人最喜爱的一部。"你知道吗？他给他儿子取的名字就叫海华沙。"

"可是，你自己怎么看待这部音乐作品呢，库珀小姐？"

"老实说，我不太关心音乐。要是让我参加合唱，我倒也能扮演好自己的角色，前提是我得和许多人一起唱。真不知道在我加入这个社团的时候到底是怎么通过视唱考试[1]的。我一直很困惑。考我的时候，合唱团的那位年迈的指挥奥尔登博士似乎压根儿没在听我唱。也许他那时候酒喝多了吧。"

"好吧，那我又得问问你了。如果你不关心音乐，那你为什么还来参加排练呢？"

还是那个原因——这样一来，她就不用待在家里，也可以避开她嫂子；弗兰克见到她嫂子的时候，她嫂子似乎没表现出任何恶意来，可他知道，毫无恶意也有可能是一种特别难以忍受的品格。他去朗费罗路接内莉的时候，格蕾丝·库珀常常过分关心他，问他那位女房东有没有好好待他。她让他白天将剃须镜放在床上，如果到晚上镜子上起了雾，那说明床上有湿气，这样他就有权去市政厅投诉。最好带着镜子去，给当局看一看。弗兰克感觉格蕾丝总是在谈论湿气。

有好几次，库珀一家请他留下用晚餐；晚餐过后，他们会在钢琴旁唱圣歌。弗兰克这才意识到，内莉之前在谈论自己的嗓音时说的都是真话，他很欣赏她讲真话这

---

[1] 通过视谱即唱的方式，考察考生的视谱、音准、节奏及音乐的表现力，并借此了解考生其他音乐素质的测试。

一点。

麻烦的是,他还在培训期。租房和洗衣每周得花掉他十二先令五便士,到了周六,他便很拮据了。"我很清楚你的情况。"内莉说,"我那份的钱我自己来出吧。"

"恐怕我不能同意。"弗兰克说。

"你怕我会拿出钱包,放到桌上摇来摇去,咯咯响地把钱摇出来吗?你可别这么想。如果我们要外出,走出这栋房子前,我会把我的那一半钱先给你。这样谁都不会觉得尴尬。这叫'各付各账'[1]。用俄语该怎么说?"

俄语里没这种说法。"有种情况也许算是吧,有些学生,"弗兰克说,"我曾见过他们在晚间活动刚开始的时候掏空口袋,把身上所有的钱放到桌子中间。"

"这可不算是'各付各账'。"内莉说。

他一拿到培训的结业证书,便向她展示了自己的似锦前程。他觉得,照他的设想,她不会因为离开亲朋好友,甚或因为离开诺伯里而倍感痛苦。他若想更进一步,得先和查理[2]谈一谈,好好说一说他父亲的那家公司以及他自己的前景。他确实想更进一步;同内莉谈妥后,他也真的跟查理聊了聊。不用担心戒指的问题,因为他随身带着一

---

[1] 原文为 Dutch treat。
[2] 查理(Charlie)是查尔斯(Charles)的昵称。

枚，原本是他父亲从莫斯科的奥夫钦尼科夫[1]买来送给母亲的。戒指为俄式三环三色金，三个圆箍饰环单独成环，却永远没法被拆开。它们一起滑过内莉灵巧的手指，闪耀着光芒。合唱团的成员觉得这枚戒指很漂亮，不过看起来不像是本国产的。"你妈妈把它给你的时候，她一定希望你能找到那个对的人吧。"内莉说，"她病了吗？"

"我觉得没有，她肯定没这么说过，我应该没记错吧？"

"诺丁汉的女孩怎么样？"

"记不清了。非常普通吧，我觉得。"

"我猜，她们因为你个子高，对你动过情，是吧？"

"也许吧。"

"你在曼彻斯特或是诺丁汉的时候，爱上过她们中的某一位，想把戒指送给她，却遭到了拒绝，有这种事吗？"

"不，内莉，我没这么干过。"他俩正在诺伯里公园散步。空气、被踩过的土地以及青草都散发着潮气。之前格蕾丝便提醒过他俩，说他们肯定会觉得公园里湿气

---

[1] 此处原文为 Ovchinikof（奥夫奇尼科夫），疑为作者笔误，应为 Ovchinnikov（奥夫钦尼科夫）。此处应该指的是帕维尔·奥夫钦尼科夫（Pavel Ovchinnikov，1830—1888），当时一位异常出色的金匠以及银匠，也是一位杰出的珠宝商人，曾为俄罗斯珐琅艺术的发展做出过重要贡献。

很重。

"然后你还得把这枚戒指带回莫斯科,跟你妈妈说它没派上用场。"他俩在一条长凳上坐下,那里原本坐着一位上了年纪的男士,他见他俩走过来,便识趣地起身走开了。

"听我说,弗兰克,你很了解女人吗?"听到这番话,他丝毫不气馁。

"我觉得,你会发现我对女人的了解足够多,足够让我娶你,内莉。"

他们很快迎来了婚礼。弗兰克的父母不得不做好安排,从莫斯科赶来;对他们来说,暂时放下自己的事业从来都非易事,然而弗兰克在索尔福德的那些亲戚都一心一意盼着出席婚礼和葬礼,不会让任何事情阻挡他们的热情。弗兰克一边筹备婚礼,一边下定决心:直到自己下葬,也不会再次让自己成为任何带有宗教性质的仪式的焦点人物。可他也知道自己不该发牢骚。毕竟查理和格蕾丝会花掉一大笔钱,而且他们还对他说,婚礼可是内莉的大日子。他对她满怀柔情,因为他知道那将是内莉的大日子,也因为她很务实,脑子很好使,列了很多清单,回完信后又一一从另一份清单中划掉。"我做这些事都是应该的,这都是为了我们俩。不过,我可不打算让诺伯里的这些人把我比下去。"听到内莉这么说，弗兰克大吃一惊。

"他们可不敢。"弗兰克说，"他们当中有谁敢吗?"

"你该不会觉得我嫁给你，弗兰克·里德，只是为了离开诺伯里吧?"

"我不觉得自己有这么差劲，"他说，"也不觉得你有。"

"我指的不只是这里的人，"她继续郑重其事地说道，"我指的是我们邀请的所有人，包括你那些从索尔福德来的堂兄弟、堂姐妹，还有姑妈。"

"他们没那么差劲。"

"人们总是这样评价他们的姑妈。"内莉说，"参加婚礼的时候，她们会展现出自己最坏的那一面，到时候你就看吧。我可不是个不切实际的人。我得正视真相。你也喜欢我这一点。我知道。"

她的语气很肯定。甚至连她额头前的卷发似乎也一跃而起，像是在表决心一样。弗兰克吻了她，倒不是为了打断她的话。她问他是否想过婚礼会是什么样子。

"最好还是顺其自然吧。"他说。

"好吧，那我来告诉你婚礼会是什么样子。我就不说教堂里的那些仪式了。我指的是之后，等我们回到这里以后。我们会吃火腿、牛舌、黄瓜三明治、做成各种形状的香草饼干、蜂窝果冻、坚果，还会喝波特酒[1]和马德拉酒[2]。查理不太能喝波特酒，喝上一会儿，大多数人也就醉了；所有人都会来上一点儿，那些不喝酒的人总说波特酒喝不醉；至于那些年长的人，他们会聚到一起，压低嗓门对彼此说道，她都不知道自己会经历些什么。她二十六了，他是她认真谈的第一个男朋友。他挺正派，这你们也看得出来，这说明目前为止他俩一切顺利，可她还不知道自己会经历些什么。"

"我希望他们对我有信心。"弗兰克说，"他们没理由不这样。"

"噢，他们对你这个人不会有什么意见。不过他们必须努力证明这是一件非同寻常的事——真的，除了生孩子、更年期和死亡以外，就数这件事对女人最重要了。诺伯里的人就是这么看待事物的。他们有一种固定的说法，我注意到他们经常这么说。他们会说，如果这两人知道将来会发生什么，他们肯定死活不愿步入婚姻的殿堂。"

弗兰克感到不知所措。他吻了她，然后说道："别灰心。"她却依然固执己见。

---

[1] 波特酒（port wine）是来自葡萄牙的加强葡萄酒，常作为甜点酒，酒精度数通常为19%~20%。
[2] 马德拉酒（Madeira）跟波特酒一样，属于加强葡萄酒，酒精度数通常为18%。

"这些人怎么想,真的很重要吗,内莉?如果真的这样,那我们应该可怜他们。"

内莉像一头小猎犬那样摇了摇头。

"我不会让他们把我比下去的。也许他们不知道我的想法,他们也不会知道,但我就是不会让他们把我比下去。"

那天的阳光很灿烂,在那一刻,翠绿的青草,整齐的绿篱,机敏的麻雀,清洗过后如同宝石般耀眼的彩色玻璃,等着人们来轻轻拍一拍的气压计[1],让诺伯里的湿气好好地露了一回脸。屋子里就他们两人。内莉说:"你想看看我的东西吗?我说的是我打算在婚礼上穿的衣服。礼服还看不着,他们稍后才会送过来。礼服在屋子里放太久可不吉利。"

"嗯,如果你想给我看,我当然愿意看。"

"你相信运气吗?"

"你之前就问过我这个问题,内莉。我已经回答过你了:我通常认为,运气这件事和我没什么关系。"

他俩爬上楼梯,经过中间的平台,走进了一间卧室;衣橱和各种家具几乎塞满了卧室,它们看上去是从屋子里

---

[1] 在读取气压计的数值之前,人们常常轻轻拍一拍气压计,看一看气压是否会随着表盘上的指针的移动而上升或是下降,以确定气压计是否正常工作。

的其他房间搬过来,搁置在了那里。清晨的阳光透过一扇窗户射了进来,照在衣橱上那块明亮的斜边玻璃上。白色的床上摆放着一些白色的布制衣物,原来是一条衬裙、一条宽松的连衣裙、几条内裤以及几件紧身胸衣。她拿起胸衣,丢到了地上。

"我可不会穿这些。我已经不穿了。从现在起,我要像那些投身于艺术与工艺运动[1]的女性一样挣脱束缚。"

"呃,女人穿上这种衣服,怎么能受得了呢?我一直没弄明白。"弗兰克说。

"可别觉得我会付钱。可以把它们退给盖奇公司[2]。"

"那就退吧。"

"你知道吗,哪怕是用了子母扣,这些衣服还是会勒得你的肉鼓起来。等会儿你会看到我的肉都没鼓起来。"

她开始脱衣服。"我二十六岁了。"

---

[1] 艺术与工艺运动(Arts & Crafts Movement),又译作工艺美术运动,是19世纪下半叶起源于英国的一场设计改良运动,该运动在当时对工业化进行了深刻反思,并为之后的设计运动奠定了基础。其广泛影响了欧洲大陆的部分国家,同时也影响了北美与日本。女性在这场运动中扮演了重要角色。此外,这场运动也革新了服饰发展,力图将女性从紧身胸衣的束缚中解放出来。
[2] 此处疑指位于美国芝加哥的盖奇-唐斯公司(Gage-Downs Company)。公司由弗兰克·牛顿·盖奇(Frank Newton Gage)与刘易斯·A. 唐斯(Lewis A. Downs)创立于1885年,主做内衣生意,其生产及售卖的紧身胸衣在当时颇有名气。

"你总是在我面前说这句话,内莉。"

"那又如何,我还会继续说下去;哪怕我都这个岁数了,可我脱下这身衣服后,还是不知道接下来该做些什么。"

那一刻,人往往会泄气,可弗兰克清楚,这种事绝不能发生。她半裸的身体受到了爱抚,紧绷着,使着劲,湿漉漉的。她正不顾一切地扯着什么,那东西上的纽扣似乎惹到她了。她的声音含糊。"继续,弗兰克。我不允许他们哪儿都不去,什么都不做,却比我有见识。我不会让他们把我比下去。"

四

*

年轻的里德夫妇并未直接去莫斯科。弗兰克的父亲在诺伯里的婚礼上给他交代过一些事情,其中提到他最好去德国见见世面;于是,他去法兰克福的希施费尔德印厂和那里的印刷机械打了三年交道。多莉出生在那里,本也是。后来内莉流产了。那时正值夏日,德国几乎算是个内陆国,夏天很炎热。他们住在郊外,那时候仍然有人在街上演奏手摇风琴。他们房间下面的人行道上,一架手摇风琴正反复演奏着一支曲子——《像天使般美丽》。它一而再、再而三地用铁齿撕咬着这首伤感的乐曲。内莉仰面平躺着,血流不止,希望能救活腹中的孩子。她让弗兰克扔些钱到窗外,给那个演奏手摇风琴的人,希望此举能带给他们好运,可那一天,他们并不走运。

一九〇五年的冬天,伯特·里德死在了莫斯科——并非死于起义,虽然那一年出现了多次罢工和暴力事件,差点演变成一场反对日俄战争的革命。德国和英国的报纸上都刊登了许多照片,照片里,人们把损毁的有轨电车放在街道上做成路障。电力早已被切断;煤油熊熊燃烧,点燃了积了厚厚一层雪、像坟墓一般的路障。五个炮兵连抵达当地,炮击了普列斯尼亚区和罗戈兹卡亚区的工厂,那里还有人在坚持抵抗。后来,他们又用从莫斯科的消防部门借来的设备把水从缝隙处排入工厂。水经过撞击后变成了冰。罢工者撤离工厂,试图逃回乡下老家,士兵们则趁机掀翻了他们的雪橇,把他们的东西在雪地里扔得到处都是。家里的装配厂被接管后,里德夫妇搬到了离他们最近的索瓦斯季亚诺夫旅馆。军队不许伯特回厂区,于是伯特度过了无所事事的一周。一周后,他发牢骚说自己心口痛。这种症状表明他患了细菌性心内膜炎。一片片的炎症组织从心脏壁进入了血液之中。经常给他们看病的那位医生是个德国人,他在自己的诊室断水断电后便回了柏林,于是他们请来了一位希腊医生,那位医生什么药方也没开,只是嘱咐伯特多休息,多喝热水,服用些缬草汁。他告诉里德太太,依他之见,她丈夫因为圣彼得堡和莫斯科发生的一幕幕惨剧而悲痛不已,因此心脏垮掉了。可是,就算是魏斯医生在,虽然他兴许能诊断得更准确,但他也不可能救得了伯特。

真正死于悲痛的也许是里德太太。她倒在了圣公会牧师的书房里,她找牧师本来是想处理葬礼筹办的相关事宜。接到电报,弗兰克抵达了亚历山大火车站,同行的还有内莉和两个迫不及待想在厚厚的积雪中玩耍的孩子。虽然母亲没有留下遗嘱,而且的确没什么私人财产,可他记得,她曾明确表示,希望自己被葬在索尔福德。一切遗留事宜都得着手办理,他还得找到落脚之处。原先家里在厂区有栋木屋,那房子早就被烧毁过半,后来还遭到水淹。他没费太大气力便租下了利普卡街二十二号。厂里的一些员工聚到一起,尽其所能帮他抢救家具。奇怪的是,他母亲的那架贝希斯坦牌钢琴[1]在经受了冰与火的磨难之后,居然完好无损。他从缪尔和梅里利斯那里买到了其他东西,这家商场在所谓的"骚乱时期"——此乃商场经理的说法——也一直正常营业,那面印着金色 M&M 字样的深蓝色旗帜虽然结了冰,但还是在商场正门口飘扬着。

弗兰克下定决心,不让内莉为钱的事情发愁,所以眼下并非冒险的时候。他翻阅账簿后发现,进口和组装业务在未来得减小规模,更好的做法是将它们照原样出售。这着实可惜,因为里氏公司的主要供应商——位于伦敦东南部博罗街的霍氏公司——就像昼夜交替那样可靠。问题似

---

[1] 贝希斯坦(Bechstein)是一家德国钢琴制造商,由卡尔·贝希斯坦(Carl Bechstein,1826—1900)创立于1853年。

乎出在弗兰克一无所知的两件事上。首先,虽然他父亲收到了他的信,他在信中就来自德国人的竞争给过父亲一些建议,可父亲并未依照建议采取行动,或者说采取了古怪的行动。他一门心思想把生意做大,更糟糕的是,他对所谓的"猛犸印刷机"[1]非常着迷,当时霍氏公司正在生产这种机器,准备用来印刷《劳埃德周报》[2],已经花费了一万八千英镑。又一台猛犸印刷机送达厂区,父亲订购这台机器,并非为了某个特定的客户,而是想碰碰运气,此举实在不够明智,此刻它正俯卧在防水帆布下,身形巨大,未经组装,尚未付款;它躺在那里,机身覆盖着几英寸厚的积雪,在浅绿色天空的映衬下,看起来像是属于过去的不祥遗物,而不是属于未来的机器。伯特·里德过世时,床边放着许多他草拟的信件,都是他为了给自己那些被逮捕的员工——他的那些"帮手"——求情而写给内政部的,这其中还有一本霍氏公司的小图册,里面用极为夸张的文字对猛犸印刷机做了一番描述。如今,这台机器与仓库、厂房和厂区为伴,哪怕它处于"肢解"状态,也

---

[1] 也可意译为"巨型印刷机"。据史料记载,霍氏公司当时的出口生意做得很大,主要出口的便是这种印刷机。
[2] 《劳埃德周报》(Lloyd's Weekly News),英国的星期日报纸,由伦敦出版商爱德华·劳埃德(Edward Lloyd,1815—1890)于 1842 年创刊,1931年停刊。1896 年 2 月 16 日,该报单期发行量突破百万大关。第一次世界大战期间,这个数字上升到了 150 万。

得为它寻个买家，兴许得找个二等商人[1]——他们的儿子曾和弗兰克做过同学。一旦把它卖掉，他才能做到收支平衡，以便专心经营里德卡。

在某些奇怪的、不恰当的时刻，在某些不甚起眼的地方，弗兰克才会猛然喜欢上莫斯科。亲爱的、邋遢的莫斯科母亲，一百六十座[2]教堂的钟声让她迷茫；她不偏不倚地庇护着工厂、妓院和金色的穹顶；她受到了希腊人、波斯人、不明事理的村民和走偏到电车轨道上的神学院学生的干扰；她将那座神圣城堡[3]作为中心，却不断向外延伸，

---

[1] 俄国曾存在一个名为商人行会的组织，其将商人分成三个等级，分属于第一、第二和第三行会。1775年，依据法规，第一行会的商人资产必须达到10 000卢布，第二行会为1 000卢布，第三行会为500卢布。到了1807年，这一数字分别变为50 000、20 000和8 000；除资产不同外，三个行会的商人的权利也有所不同，例如，第一行会的商人可从事国内外贸易活动，第二行会的商人只能从事国内贸易活动，第三行会的商人只能在城镇和地区做些零售生意，通过陆路和水路运输商品。1863年，第三行会被废除。1917年，商人行会制度正式退出历史舞台。
[2] 此处原文为four times forty，即"四乘以四十（一百六十）"。正确数目疑为forty times forty，即"四十乘以四十（一千六百）"。据查，在1917年十月革命前，莫斯科有超过1 600座教堂。另外还有一种解释："四十乘以四十"之说来自一则俄罗斯谚语——There are sorok sorokov of churches in Moscow，意思是"莫斯科有大量教堂"。此处的sorok sorokov指的是"大量"，可这则谚语时常被错误解释为"莫斯科有四十乘以四十座（一千六百座）教堂"。这是因为sorok一词的俄语原形为сорóк，是一个与莫斯科的教堂和教区相关的词汇。但该词极有可能与сóрок（区别在于其重音在首个音节）混淆，后者的意思是"四十"。因此人们才会将sorok sorokov理解为"四十乘以四十"。
[3] 此处指克里姆林宫。

带着一股霉味,一跃跨过林荫大道,来到一片新天地,那里有工人宿舍和铁路尽头,修道院依然做着祷告;最终,她来到另一片新天地,那里有猪圈、圆白菜地、土路、土厕,在那里,莫斯科似乎如释重负地变回了一个村庄。

内莉跟弗兰克一样,对于莫斯科的喜爱远胜于德国。她喜欢把利普卡街二十二号收拾得井井有条。这座城市虽是制造业重镇,却保留了一些乡村的陋习,可她一点儿也不觉得讨厌。在弗兰克看来,她在这里过得舒适惬意。如此一来,她对诺伯里恨得更深了,而诺伯里既非城镇,亦非乡村。

五

*

他们不得不在隆冬时节搬到莫斯科。他们走出亚历山大火车站时,整条特维尔大街弥漫着烟雾与蒸汽,似乎飘浮在空中;人们不分男女,都在卷烟或抽烟,他们沉重的气息在寒冷的空气中凝成一团,像极了圈里的牲口。接站的是塞尔温,他为他们的安康感到担忧,明显非常悲痛。见他如此真诚,不管他做了什么,他们都会原谅他。必须原谅的,是他在照顾孩子、寻找搬运工和搬运行李方面帮不上任何忙,与其说他无力帮忙,倒不如说他不明白他们可能需要他帮什么忙。此前,弗兰克曾短暂回莫斯科看望过父母几次,已同塞尔温打过照面,内莉则从未见过他。"您好,克兰先生。这是多莉,我们最大的孩子。这是本。"塞尔温俯身面向孩子们,像裹包裹一样紧紧搂住了他们,仿佛这样做可以抵御严寒。

"他俩的爷爷奶奶都不在了!"

"他们从没见过爷爷奶奶,应该不太会想他们。"内莉说,"也许您可以帮弗兰克核对那些账目。"

她告诉弗兰克,初次见克兰先生的时候,她觉得这个人脑子不够灵光[1]。若是塞尔温在法兰克福,他很有可能不知如何是好,但他在莫斯科过得还挺不错。他并没有意气用事,仅凭一己之力去对抗自己所处的混乱局面,这种局面短期内也难以改变。有些事情,他不喜欢,抑或无法改变,便老老实实躲开。历史的潮流推着他慢慢向前走。

初次前往里德卡之前,弗兰克请塞尔温陪他坐一坐,让塞尔温清清楚楚地告诉他那儿是个什么样子。塞尔温以他惯有的安慰人的语气说了起来:"当然,你的首席排字员,雅各布·特维奥尔多夫,到时候一定如常在那里。"

"他去年没怎么样吧?没跟别人去外面罢工吧?"

"他是工会的会计,当时出去了六天。我相信,他在厂里这些年,就那六天没来上班。"

"我父亲是从哪里把他招过来的?"

"他原先在飞天鹅印刷厂,那个厂倒闭后,他就过来

---

[1] 原文为 only elevenpence in the shilling,系对俗语 no more than ninepence in the shilling 以及 not the full shilling 的戏仿;后两个俗语意思为"非常愚蠢;没常识"。另,一先令为十二便士,俗语直译过来为"一先令里不超过九便士",而内莉的说法直译过来为"一先令里只有十一便士",说明她觉得克兰先生笨,但不至于太笨。

了。当然，他们那里只能手工印刷。"

"那特维奥尔多夫呢？"

"也只能手工印刷。"

"他多大了？"

"我不知道。我想，我们肯定有他的详细信息。有些人就是怎么都不显老，弗兰克。"

"那工头怎么样？"

塞尔温从不喜欢说别人的坏话。他有些犹豫。

"科罗布奥夫。呃，当然，要是有人做错事、损坏材料、偷懒、醉酒、缺勤等，他就会收取罚金，这是他的职责所在。这差事还真是让人讨厌，弗兰克！可印刷行业协会同意了这个罚款标准，我们也遵守这一标准，情况就是如此。不过自从你父亲死后，我便担心，每当科罗布奥夫觉得自己需要现钱，他就有可能中饱私囊。"

"他能找谁收罚金呢？"

"呃，也许是找那些没能力反抗的人吧。也许找过给我们沏茶的女工，阿加菲娅；也许找过我们的清洁女工，安纽塔；也许还找帮我们跑腿的那些伙计收过几戈比。"

"你跟他聊过这件事吗？"

"你父亲也许跟你说过，我这个人从来不相信可以直接对抗恶。唯一的办法是借助好的榜样，让恶者感到问心有愧，继而让它落荒而逃。"

谢过他后，弗兰克去了印刷厂，和所有员工握了手，然后召开了全体大会，以讨论工头的所作所为。参加会议的包括三位手工排字员和他们的两个学徒、印刷工人、校对员、三位机械工人、装货和卸货的伙计、收集工人、折叠工人、送货工人、仓库管理员、兼做会计工作又同时核对送货情况的仓库负责人、负责加湿纸张的伙计、跑腿的伙计、门卫、阿加菲娅及其助手安纽塔。只有一个地方能让弗兰克同时跟所有人说上话，那就是既做纸张库房、又做茶水间的仓库。人刚到齐，便有人抱怨，说那些伙计有的才十四岁，根本没能力对这种议题表态，于是他们都被打发回家了。会场因此腾出了很大的空间。眼下，科罗布奥夫尚未到场，当日他自觉头晕目眩，便一整天没来厂里。

"那好吧，我们不等他了，马上开会。"弗兰克站在放茶点的柜台旁，说道，"我想说，大家都知道，我虽然生在莫斯科，不是这里的外人，却对这个印厂，这个我父亲仅剩下来的企业不熟悉。"有些人在胸口画起了十字。"他过世了，所以我回到了你们身边。我想我可以说，在英格兰和德国的那段时间，我对印刷这个行业进行了全面的了解。今晚，我们必须一起拿定主意，弄清楚一件事：

在里德印刷厂,待人公平到底意味着什么?"

这是弗兰克参加过的最短的会议。似乎在场的所有人都想赶走他们的工头。科罗布奥夫并没有执意要求干满任期,也没有受弗兰克之邀为自己辩解一番。他只要求拿回自己的国内护照,这样他便可以去离自己的出生地十五英里以外的地方;雇主亦可酌情拒绝归还护照。弗兰克倒是归还了。科罗布奥夫离开厂里的时候,排字员用排字手托[1]敲打着铅字盘,发出巨大的响声,以此来将他请出门。敲击的人似乎愈发起劲,金属彼此碰撞爆发出狂热的声音,都快把耳膜震破了。喧哗声来得突然,去得也突然;人们听见科罗布奥夫在厂外的有轨电车站大声叫嚷道:"父老乡亲们哪!大家都来评评理,听听看这些人对一个做了父亲的人干了些什么!"

突然,头上裹着一块白头巾的阿加菲娅跪在弗兰克面前,恳求他对科罗布奥夫发发慈悲。

"别说胡话,阿加菲娅。他每周从你的工钱里拿走四十七戈比。"

"我给您跪下了,弗兰克·阿尔贝托维奇,求您了,

---

[1] 一种托盘状的工具,用来将金属铅字块组合成字、词、句,然后将它们放置到活版盘(一种金属制的长盘,用于装排版的铅字)上,最后锁定到印版(用于传递油墨至承印物上的印刷图文之载体)上并印刷出来。

先生。"

"嗯,我看见了。"

"您听到了吗,他说他是做了父亲的人?"

"他要真是,那可够丢脸的。"弗兰克说,"他可没结婚。"

闹出这么大的动静,阿加菲娅很是满意,她像一个老哨兵回到自己的岗位那样,走回那些茶壶旁,继续和仓库管理员争论起茶水的问题来,不过两人似乎无法解决这一分歧。送来的茶叶不是片状的,而是块状的。记账的时候,这些都算作了"易耗品",可弗兰克觉得,它们还不如归入"耐用品"的类别中。印刷厂里禁烟,大家迫不得已,只好全都喝起了红茶,不仅在规定时间喝,若是可以,他们简直能喝上一整天。

从那天早上起,弗兰克自己做起了工头,当然,人们也可以说,里德卡没有工头,只有一个干起活儿来比绝大多数同行更加努力的经理。即便如此,若是没有特维奥尔多夫,这样的变革也不可能发生在厂里。

此人是唯一一位年复一年被雇用的排字员,拿周薪。另外三位是按件计酬。他的脸很宽,面容温和,后脑勺上长满了灰白的发茬,与正脸一样让人感到放心。里德卡七点开工,七点差一分,他出现在排字间。他花一分钟的时间，从上了锁的橱柜里取出自己存放在那里的排字尺、锥子、排字手托和活板盘。这些工具归他所有，从不外借。特维奥尔多夫这时候不会喝茶。他穿上挂在他排字架旁的挂钩上的干净的白色围裙，以及他装在皮包里带来的拖鞋。接着他走到排字架前，把自己那块德国银表放到大写字母铅字盘[1]的下横档上他做的一个夹子里，夹子正好可以稳稳夹住表。那块表有秒针。特维奥尔多夫不用花时间将之前用过的铅字（三十五个字母[2]，外加十五个标点符号）放回原位，这项工作他前一晚已经做好；他立即处理起原稿来，记住稿子上最开始的几个短语，将铅字塞满排字手托，调整间距，用手表测出他完成这一系列工作需要的时间，继而确定他这一日的工作量。这种测试方法并不绝对准确，还取决于天气、原稿质量、外来词的比例，但他自己从来不存在变数。当天晚些时候，他若发现自己提前几秒钟排好了一排，便一动不动、心平气和地等着，然后伴随着手表精确的滴答声把自己的排字尺往下挪。他将手托里排好的铅字放入活版盘，每次他都能毫不费力地抓起那些铅字，仿佛它们是一整块金属。这绝非易事，学徒

---

1 印刷术语，具体指的是排字员的铅字盘里的上半部分，里面放着大写字母的铅字。
2 俄语有三十五个字母。

们经常试着试着便哭了起来,可在过去的四百年里,人们显然没能找出比这更简单的做法。用这种方法,他一小时内能排好一千五百个铅字和空格。

十点差三分,特维奥尔多夫会喝一杯茶,若要喝茶,他必须下楼去食堂,然后去一趟洗手间。骚乱过后,政府惊魂未定,工会有机会与其谈判,短暂的谈判期内,工会规定工人必须在某些固定时段休息,这便是其中之一。据说,特维奥尔多夫当时走上街头抗议,受了些皮外伤,也有人说他伤得不轻。大量子弹伤及无辜。而现如今,已看不出他受过什么重伤了。

十点,特维奥尔多夫喝完茶,然后吃便餐;十一点,他再次拿起铅字,脑袋和身躯与滴答作响的手表相当合拍。十二点,他回家吃午餐;到了下午,他不像上午时那样沉默,但也算不上活跃。特维奥尔多夫做起事来让人觉得宽心,但人们也难以形容到底是什么让他们有这种感觉。他的做派一点也不呆板。其中有许多细微的变化,比如他洗干净铅字上的污垢的方式,再比如,若是铅字的湿度刚好能让不同的铅字粘在一起,这时候,他会拿起几块,放到他的黄铜片上,让黄铜片靠着自己左手粗壮的中指。没人说得上来为什么会出现这样的变化。也许特维奥尔多夫是在自娱自乐。在他看来,到底什么样的东西才算有趣呢？周六晚上，阿加菲娅会检查排字间的圣像画前的油灯，特维奥尔多夫那时候则会给办公室的钟上发条。回家的路上，他会在马克尔酒吧刚好逗留五分钟，喝上一杯伏特加，他只会在周六这么做。周一早上，他为了清理玻璃钟面会比往常早到三十秒，一周清理一次。这件事若是交给其他人来做，大家都会觉得不放心。

特维奥尔多夫并未掩饰自己对机械室的看法。他觉得，莱诺铸排机[1]配不上那些态度认真、把时间算得很精确的人。它只适合那些想敷衍了事、快速完工的人。若要进行修正，你必须重排整行，你的上级只会命令你别这么做。这种机器使用的金属是一种劣质的柔软合金。经过一番考虑，他勉为其难地接受了蒙纳铸排机[2]。这种机器机身小、设计巧；铅字在铸字排版的过程中新鲜出炉，跳起了活泼的独舞。它们不及真正的浇铸活字[3]坚固，但也能

---

1 一种用于印刷的排字机，由美国发明家奥特玛·默根特勒（Ottmar Mergenthaler，1854—1899）发明。该种机器采用了铸字排版技术（指在铸排机上连续完成铸字和排版的工艺），由键盘操作，把整行字在结实的金属大嵌条上浇铸，因其能够一次完整铸造一整行铅字而得名。比起手工排字，这是一项重大的改进。
2 一种用于印刷的排字机，由美国发明家托尔伯特·兰森（Tolbert Lanston，1844—1913）发明。该种机器也采用了铸字排版技术。其逐个铸造字符，然后组合成行。其与莱诺铸排机最大的区别是，前者是单字铸造，后者是整行铸造。
3 一种由铸字工人铸造，用于手工排版的特殊铅字，与铸字排版机铸造的铅字有很大区别。

印很多次，还能用于排字间的修正工作。人们在什么时候问过特维奥尔多夫对这两种机器的看法，究竟有没有人问过他，这些都无人知晓，可到头来，里德卡使用了蒙纳铸排机，没用莱诺铸排机。

人们知道特维奥尔多夫在里德卡工作，这一事实很可能给厂里带来了一些委托订单。小额生意很充足，这些生意仍然需要手工排字。里德卡印刷过包裹的标签、拍卖商的目录、悬赏捉拿盗贼和杀人犯的传单、商人的名片、俱乐部的会员卡、空白单据、瓶子的包装纸、医生的执照、优质信纸、音乐会节目单、票券、考勤表、访客名片、债务通知书以及海报（有三种颜色，如有需要，每加印一百张再多付三分之一的费用）。弗兰克也承接印刷小册子、某些杂志以及教材的订单，不过不印报纸，也不印诗集。只有一个例外，那就是塞尔温的诗集，诗集名叫《桦树之思》，很快就将付印；这些诗集若不在里德卡印，还能去哪里印呢？《桦树之思》目前正处在审查阶段，既然所有的诗歌都脱不了嫌疑，那么相关人员也许会对这本诗集进行比以往更为严格的审读。可弗兰克从没想过那些革命者或是政客会找他印东西。这些人似乎有能力炮制出使这座城市动荡不安的非法宣言和恐吓内容，他们做起这件事来几乎随心所欲。弗兰克很好奇，有时甚至会推测，到底有多少印刷机藏匿在住着学生的阁楼和地下室、牛棚、澡堂、后院的小便池、鸡笼、圆白菜地和土豆堆里；都是些小型手摇印刷机，也许是阿尔比恩式[1]的，只能印单面，一旦嗅到危险的气息，可迅速转移至别处。他想象着那些异议分子不顾莫斯科一年一百四十天的霜冻，将油墨加热，以便多印一份警告书。印刷机的油墨很容易结冰。

等到弗兰克认为自己对里德卡的一切已经熟悉起来以后，他便拜访了撒拉弗街上其他那些店铺和办公楼。当时有一项法规，规定必须根据那些新公司对其邻居造成麻烦的大小对其征税。为了避免这种情况发生，弗兰克提议，他应该为街道谋些福利，由他来付薪水雇一个守夜人在街道上巡逻，一直到街道与瓦瓦卡大街的交界处。马克尔酒吧楼上有一个房间，守夜人白天可以在那里睡觉。

"弗兰克，这么做怕是有行贿的嫌疑。"塞尔温说。

"把这笔薪水算到日常管理费用里。"弗兰克告诉他。

---

[1] 阿尔比恩式印刷机由理查德·科普（Richard Cope, ? —1828）在19世纪20年代初于英国发明，它比当时的其他印刷机重量更轻、使用起来更为方便。

六

*

一九一一年,多莉当时八岁,穿着水手服,搭配一条白色条纹百褶裙。本七岁,也穿着水手服,搭配一双纽扣靴。两人都戴着水手帽,是在缪尔商场专门定做的,帽子上写着一艘名为"HMS 老虎号"[1]的英国船舰的名字。多莉正在为文理中学的入学考试做准备[2]。她几乎算是个女学生了,但并不惧怕长大,因为她知道,假以时日,她一定会取得非凡的成就。快到秋天的时候,安努什卡出生了。给她接生的是个接生婆,人们也管这种人叫"巴布卡"。魏斯医生早就回了莫斯科,他随后才到,一副特别能干的模样,身上散发着石碳酸的气味,急着想跟弗兰克谈一谈他的个人投资状况。医生走后,巴布卡给内莉和婴儿洒上圣水,还端来了用覆盆子叶片泡的茶。她之前便交

---

[1] 此处的 HMS 为 His(or Her)Majesty's Ship,直译过来,为"国王/女王陛下的军舰",即指英国军舰。而"HMS 老虎号(HMS Tiger)"是英国皇家海军中最后一艘以煤作为主要燃料的大型战舰。
[2] 在当时的俄国,文理中学的入学年龄一般为 8 到 10 岁。

代弗兰克去买一个小金十字架，一条小金链子，它们会戴在安努什卡的脖子上，陪伴她一辈子。多莉和本都没有金十字架，也吵着想要。

"我该给他们买吗？"他焦急地问内莉。作为一个女人，内莉重任在肩，要操心的事情实在太多。她答道，如果不想被孩子们纠缠，他最好给他们买。他觉得内莉的回答其实有些不符合实际。多莉从来不会缠着大人不放，她通常只提一遍要求。

查理经常给弗兰克写信，他没怎么给内莉写过，毕竟她极有可能不回他的信。他在信中详细谈到了自己的健康状况、国王爱德华七世的葬礼、弗兰克和内莉参加过的那个合唱社团的月度音乐会，还常常附上音乐会的节目单。安努什卡出生时，他写了封长信，信里还附上了五英镑的纸币。他在信中写道：

> 你说俄国的局势不明朗，如有必要，你觉得你们应当离开那里，但你也说自己不该有任何怨言。哎，弗兰克，我得说，你眼下过得可比我好——这里的冬天依然很难熬，昨晚还下了一场黑霜[1]；有好几个熟

---

[1] 在春秋季农作物生长时期，土壤表面和作物表面的温度下降到0℃及以下时，作物遭受冻害的现象。

人跟我说，他们家的夜壶里都结了冰，我相信，你要是去翻官方记录，会发现英格兰南部极少发生这种事，你要是经历过更糟糕的事情，也可以讲给我听听。再谈谈政治方面。照你的说法，你的印刷厂有一群还算说得过去的工人，还有个可靠的领班，反观英格兰，这个国家如今陷入了麻烦和冲突之中，他们把这叫作"民众骚乱"。如今，我们当地有八百个矿工在罢工，要是你能告诉我，没有了煤，该怎么让古老的英格兰正常运转，没有了矿工，又该用怎样的秘诀把煤从地下挖出来，那我想应该不止我一个人会感谢你。此外，铁路工人又一次罢工了，这一回，军队只是袖手旁观，这可跟二十年前大不一样。你肯定会问我，他们的种种不满难道不是实情吗？那么，你怎么看下面这件事呢：那些印刷工人不仅会为了日常工作而罢工，还会自制出版物，并美其名曰"某某报"。是啊，这会儿我就正在喝第二杯茶，没读《每日邮报》，而是在读那份革命小报，因为我觉得它丝毫不比《每日邮报》差。这一切发生后，《泰晤士报》呼吁"公众应该做好准备，直面劳方和资方或是雇主和雇员的冲突，这种冲突的规模前所未有"，或许报纸上说的是"规模堪比……"，我手边没报纸，不记得具体是怎么说的了。

内莉说，要是一个人待在家里，光靠读查理的信也不会错过什么新闻。"他以前说起话来就是这样。你肯定忘不了。"

"我猜，自从可怜的格蕾丝去世后，他就闲了下来。"弗兰克说，"他的那些信似乎真的写得更长了。呃，他也向你们问好了。"

"我们跟他可不熟。"多莉说，"我们并不了解这个舅舅。"

"我到时候笼统地以你们所有人的名义给他回一封信。"

"你要是想借我的'黑鸟'，就拿去用吧。"本说。那是他新买的钢笔，给他带来了一些麻烦。商家曾保证这支笔不会漏水，可文字工作者和学校里的孩子们更了解真实情况。本希望不用对这支"黑鸟"负责，同时又不想让别人看自己的笑话。

弗兰克还向塞尔温明确表示，接下来的几年内，他有可能不得不卖掉里德卡，带着自己的家人回家。住在莫斯科的那些英国人的意见并不统一。英国领事只属于第三级别[1]，

---

[1] 若按级别划分，领事之上还有总领事、副总领事，算是第三级别。领事之下还有副领事以及领事代理人。

给不出任何建议来。弗兰克觉得,他们不得不离开俄国的几率大概为百分之五十,可他想知道该如何安置塞尔温。塞尔温答道,他觉得自己就是个外乡人,是个朝圣者,他这种人就该时刻做好继续前进的准备。他相信,托尔斯泰派[1]的聚居地在欧洲到处都是,比方说在戈德尔明[2]就有一个。

"当然,你必须把自己的一身本事带到这些地方去,不过那里的人们也只会提这么一个要求。"弗兰克想,塞尔温可以把成本核算、诗歌、音乐、箴言以及制鞋的技艺带到那里。他知道,夏天的时候,塞尔温在出发前给自己缝了一双桦树皮做的鞋。旅途结束时鞋子刚好穿坏。他回来时穿过苏哈列夫市场,去了莫斯科北边,给自己买了一双皮靴,然后才回到里德卡。

托尔斯泰于去年去世,早在去世前,他已无可救药地在俄国思想界变得过时了,不过他的外国信徒们并不觉得,塞尔温显然也不。至于托尔斯泰对塞尔温有过怎样的

---

1 19世纪80年代在俄国东正教会内出现的空想宗教社会运动流派。推崇作家列夫·托尔斯泰用宗教道德及自我修养来改造社会的学说,主张非暴力抗恶、禁欲主义、神秘无为、彼此宽容和普遍之爱等思想,并将传统宗法制理想化。其成员包括知识分子、农民、小职员和农村半无产者等,他们拒绝纳税和服兵役,曾在农村组织祈祷会和生产公社。
2 戈德尔明(Godalming),英格兰萨里郡的一个城市和民政教区,也是伦敦的卫星城之一。

看法，弗兰克并不是特别清楚。塞尔温曾在托尔斯泰位于莫斯科多尔戈-赫莫夫尼基街的家中受到招待；弗兰克相信，他头一回见到托尔斯泰是在紧邻托尔斯泰家的科尔萨科夫私立精神病院。托尔斯泰不让人修缮家中的篱笆，于是精神病院的病人若是乐意，便可以把手伸进篱笆的缺口中，摘到托尔斯泰家的花。科尔萨科夫家经常举办音乐会，主办方是莫斯科不计其数的慈善机构。塞尔温有一副好嗓子，唱男高音，不管怎么说，听起来还算不错，在有"男低音之乡"之称的俄国，人们觉得这副嗓音很好；某天晚上，他还举办了一场独唱会——人们都知道，但凡请他做些善事，他从不会拒绝。他那晚唱了些什么，弗兰克并不知道，可是，听众中有一些病人，他们听了他的歌后，变得有些焦躁不安，另外一些人则睡着了。塞尔温在讲述这个故事的时候表现得一点也不自负，一点也不愤慨；他坚持演唱到最后，演出结束后，因为无人鼓掌，他便借机向托尔斯泰道歉，后者当时坐在后排。那时候，托尔斯泰什么也没说，可几天后，他说道："我觉得你唱得不错。我们大多数人听这种演唱会的时候都会觉得无趣，这种感觉很正常。可对那些不幸的人来说，拥有正常的感觉也是一件很奢侈的事。"

"你还会为他们演唱吗？"弗兰克曾问他。"如果科尔萨科夫医生邀请我,我当然会。不过他觉得这种经历不宜重复多次。"

弗兰克毫不怀疑列夫·尼古拉耶维奇的伟大,但他却把希望寄托在了首相彼得·斯托雷平[1]身上,觉得在不久的将来,他将改变俄国。斯托雷平仪容整洁,性格安静,举止得体,总能保持冷静;拉斯普金[2]企图催眠他的时候,他拒绝受到任何影响;他的政敌曾炸毁了他的家,炸断了他女儿的双腿,让她变成了残疾人,试图以此来阻止他从政,可他还是决定接受任命,就任总理之职。所有这一切都表明,斯托雷平不可能——用内莉的话来说——被比下去。斯托雷平要求执政十年。他赌上了这十年。他向俄国的一亿七千九百万农民提供政府贷款,让他们能够拥有自己的土地。他意图阻止革命爆发,前提是能给他十年时间。然而,出于公务需要,斯托雷平不得不陪同沙皇去观看在基辅一家歌剧院举办的一场演出。不受皇室待见的他未能受邀前往皇室包厢,而被安排在前排就座。他在幕间

---

[1] 彼得·斯托雷平(Pyotr Stolypin,1862—1911),俄国政治家,曾任俄罗斯内务大臣(1904—1905)和帝国大臣会议主席(首相职务,1906—1911)。斯托雷平的任期以镇压革命势力和土地改革而著称。时至今日,斯托雷平仍被视为俄罗斯最伟大的政治家之一。
[2] 格里戈里·拉斯普京(Grigori Rasputin,1869—1916),俄罗斯帝国神父,尼古拉二世时期的神秘主义者、沙皇及皇后的宠臣。因丑闻百出,引起公愤,被人合谋刺死。

休息时站了起来,剧院里的恐怖分子轻而易举便把枪瞄准了他——此前,警方太过愚蠢,将杀手雇来做了剧院保安。斯托雷平被射穿双肺和肝脏,于四日后去世。

为了纪念他,人们专门设立了一项基金,但基金会不许居住在俄国的外国人向其捐款。弗兰克对此感到遗憾。

"可你觉得他是个正直的人吗?"塞尔温不安地问道。

"不,一点也不,他操纵了选举,也操纵了杜马[1]的成员,可杜马刚建立不久,发挥不了什么作用。不过话说回来,他也没为自己谋什么利,而且他发现,有一种办法,可以不发动革命就能让国家存活下去。"

"一个勇敢的人。"

"是啊,否则在剧院的时候他也不会站起来。"

斯托雷平要求执政十年,只获准执政五年。一九一一年九月,他庄重地躺在彼得堡一具敞开的棺材里;与此同时,生下安妮的内莉觉得自己产后恢复得不错,已可以下床出去走一走。她重重地靠在弗兰克的胳膊上。两人散了会儿步。

---

1 "杜马(duma)"一词,是俄文(дума)音译,意为"议会"。沙皇俄国原是封建专制国家。1905年革命运动爆发后,沙皇尼古拉二世为缓和政治危机,于同年9至10月间宣布召集"国家杜马",并赋予一定权力。1906年和1907年,产生了第一、二届"国家杜马",但随后不久就被解散。后来又产生了第三、四届国家杜马,其权力都不大,但名义上是国家的议会。1993年,俄罗斯又恢复了"国家杜马"的名称。

"当三个孩子的妈妈感觉怎么样?"他问,不由得流露出对新生儿的爱和骄傲。"有了她,我都没时间做别的事了。"内莉说,"可我只有多莉的时候也没时间做别的事。""希望杜尼亚莎能帮得上你的忙。我只希望她做到一点,那就是帮你干活儿。""别指望那个杜尼亚莎了!"内莉说。

他们乘出租车去了亚历山大花园边的一家小餐馆。一丝风也没有,白色的天空中泛着微光,染上了地平线上那一抹粉红色的氤氲,似乎是霜冻的先兆。天空之下,稀疏的树叶一动不动地挂在酸橙树上。露天座的服务员将大衣穿在了长长的围裙外面。入秋以来,人们头一回觉得冷到刺骨。两周后,花园里的雕像会被裹上一层稻草以抵御严寒,所有的门都将紧闭,所有的窗户都会密封得严严实实,如此直到来年春天。

七

*

内莉做过不少突然的决定，可弗兰克真正记得的只有一个：那是个炎热的下午，在她位于朗费罗路的那间卧室，弗兰克拉上窗帘，微风拂过，窗帘绳末端的流苏轻轻敲打起窗户来。当时，她将自己的感受说给了弗兰克听。安努什卡出生后，时间已过了两年，在这段日子里，难道她已经不愿表达了吗？

起初，他觉得内莉一定会回来；他给莫扎伊斯克与柏林之间的所有火车站发了电报。之后，他每六小时给查理发一次电报。三天后，查理给他回了一封电报——"内莉不在，但保安康。"他随即补充道，"不久亲自来莫。"仿佛他这样做能给弗兰克一个体面的交代。内莉走后，生活变得一团糟，这种局面很快便毫无起色地持续下去，弗兰克需要抓住一点儿稳固的东西，靠自己，或借助外力来做出改变——倘若查理能来莫斯科一趟的话。这同希望他来是两码事，不过这样一来，弗兰克就必须妥善安排一切，指挥他人做事,这两种做法倒是能让生活重回正轨。

离开了他们,内莉怎么能既安全又健康呢?他每天早上都会寄一封信给她。

"如果你需要合适的信封和信纸,可以去我桌子右手边的抽屉里拿。"他对多莉说。

"我知道它们在哪里。"

"抽屉锁起来了,不过要是你想要,跟我说一声就行。"

"我知道。"

"万一你想给妈妈写信呢。"

"给她写信干吗?问她为什么会离开?还是问她什么时候回来?"

"这两个问题你都不用问。"

"那我就不需要信纸了。"多莉说,"我觉得我没必要写信。再说,我用俄语才写得出信来。"

"为什么不写呢,多莉?你不会真觉得她做错事了吧?"

"我可不知道她做没做错事。她很可能一开始就犯了个错,那就是结婚。"

"你准备把这些写进你的信里?"

"我刚才就跟你说了,我最好还是别写了。"

总得做些什么来找个法子照顾孩子,很明显,至少得照顾几天,也许得照顾几周。厨子和帮她烧饭的女佣征得了安努什卡自己的同意,从他身边接走了她,以一种溺爱的方式守护着她,可他需要找个帮手来照顾本,更需要找个帮手来照顾多莉。弗兰克心血来潮,想尽可能久地避开英国牧师以及生活在莫斯科的那些英国人,便想到了库里亚金一家。他们家总是很欢迎他。

阿尔卡季·库里亚金是位二等商人。他向商人行会缴纳的会费还不够多,因此行会不允许他做出口生意;他所有的贸易往来仅限于俄罗斯帝国境内。他做些木材、纸浆以及纸张的买卖,弗兰克和他做生意已有一段时间。阿尔卡季有孩子,至于有几个,弗兰克说不上来,似乎总有些之前他没见过的孩子——或许是侄子侄女,又或许是流浪儿,甚至是人质——来了又走。他的妻子马特缪娜·奥西波芙娜总在家里。弗兰克曾听她说:"外面怎么能和家里比呢?"内莉虽然一向承认库里亚金太太心地善良,却和她处不来。她确实建议过内莉让多莉和安努什卡每次都用自己的尿液洗眼睛,因为这么做可以让她们的眼睛永葆明亮。

库里亚金没电话。像大多数二等商人一样,他一直打扮得很讲究,不过这种讲究是装出来的,可这么做既能让他感到放心，也能让他装作自己还过着旧日的生活。他有时也会放纵自己，享受科技进步带来的最新成果。他有一辆汽车，是一辆配备六个汽缸、拥有五十马力的沃尔斯利[1]，他对此感到很骄傲，要知道，莫斯科只有大约一千五百辆汽车。但他家里没有电灯，你也没办法给他家打电话。

幸运的是，他选择住在一条朴实无华的街上——虽然房子很大——离印刷厂不远，于是弗兰克可以在早上九十点钟的时候拜访他家。他敲了敲那扇临街的外门，不过他非常清楚，只有在特殊的日子里，库里亚金家才会在前面那些房间设宴待客，其他时候，那里一个人都没有。他等了等，果然，如他所料，一个穿着农民罩衫、相貌凶恶的仆人出现在了屋子的一侧，看他那副模样，仿佛他是个雇来专门将那些好心的访客拒之门外的狱卒。他不可能装作不认识弗兰克，却还是大声说主人不在家，仿佛在冲着聋子说话。

"我要见库里亚金太太。"弗兰克说。

进屋以后，右边是一间巨大的客厅，百叶窗关上了，枝形吊灯用帆布裹好，家具藏了起来，像是用白色棉布裹

---

[1] 英国的沃尔斯利汽车公司生产的汽车。该公司创建于1901年，一度是英国最大的汽车公司。

着的尸体。为了保护地板，地上铺满了展开的报纸，是一份名为《贸易信使》的小报。左边那扇门关着，不过弗兰克知道，门背后是餐厅。库里亚金在那里做东宴请宾客的时候，那些进口的银餐具和玻璃杯碰到餐桌，会发出叮当声和碰撞声；那些脾气暴躁的仆人被迫脱掉罩衣和毡靴，换上黑色外套和黑鞋子，戴上白手套。那些二流乡绅若受邀赴宴，很可能永远不会回请库里亚金一家，可库里亚金似乎只是微笑观赏着他们的无礼行为。客人一走，全家人便"迁徙"到他们真正的住处，孩子、仆人、受他们抚养的人以及亲戚一个挨一个，回到屋子最后面的那几间天花板很低、弥漫着烟雾的房间里。

库里亚金太太正躺在一张破旧的长榻上，她将香烟扔到地上，面朝着他坐了起来。

"啊，弗兰克·阿尔贝托维奇，昨天我身子有些不舒服，要是您昨天来的话，我就没办法招待您了。"

"我们应该感到庆幸，幸好我昨天没来，马特缪娜·奥西波芙娜。"

一群年幼的孩子正在胡乱地兜着圈子，他们都是库里亚金一族，所有的孩子都发育得很好，不过身子很宽，个头不高，仿佛已经适应了那个陪伴他们很久的房间的形状。两位点着头想让孩子们安静下来的年迈女士大概是家里的穷亲戚。他认识其中一个女人，她是库里亚金木材生意合伙人的妻子，更准确地说，她丈夫帮他做非法的木材生意；至于另外那个穿着黑色丝绸衣服的女人，他并不认识。

"这是我妹妹，瓦里娅。"库里亚金太太大声说道，"她丈夫没办法陪着她，他前不久刚过世。"弗兰克握住了那位妹妹的手。他很难不觉得自己是在拜访一间闺房。空气中弥漫着灯油和烟草的气味，烟草来自黑海地区的某个由希腊人管护的烟草园。库里亚金太太此时将自己的欢迎词做了些改动："要是您昨天来的话，您就见不到我，那我也没办法在您遇到麻烦的时候帮您的忙。"

弗兰克环顾着这个拥挤的房间。

"在这里，您身边都是朋友，弗兰克·阿尔贝托维奇；我和我妹妹可以算作一个人。他们说，如果薇拉滑倒，瓦里娅也会跌倒。"

"呃，倒也不算是麻烦。"弗兰克说，"是这么回事，作为朋友，我想请您看在我们友谊的分上帮我个忙。"看样子，库里亚金太太已经做了充分的准备。他解释道，他不希望多莉（说到这儿，库里亚金太太突然喊道："那孩子真是个天使！"让他吃了一惊）和本在放学后不得不自己待在家中。他想知道，他们能否在放学后去库里亚金家，他希望这种情况只会持续几天，但他也不确定。他可以在印刷厂五点关门以后自己过来接走他们。

听到他说"只会持续几天"，库里亚金太太和她妹妹都摇了摇头。两人都希望每一段"特殊情况"都可以尽可能久地持续下去，她们有这种想法，纯粹是出于慈爱之心。可至少困难时期已经开始，必须立即派信使去多莉的学校和本的学校，这样他们当天下午就能过来。米佳（库里亚金太太年纪最大的孩子，她说起他来，就好像他是个皇储，每个人都必须知道他的行踪）那天下午很早便会到家，家人为他准备了一份特别的礼物，是为忏悔日[1]准备的。至于其他人——她环顾四周，露出了怀疑的表情，仿佛那栋房子不是她的——是啊，所有人，或者说大多数人，到时候都会在家里欢迎多莉和本。

弗兰克真心诚意地感谢了她，又出于礼貌，问她给米佳准备了什么礼物。是一只被驯服的熊崽，又或许还没被驯服，是从北方送过来的。自从人们给西伯利亚大铁路[2]供了暖之后，用于制作地毯和大衣的普通棕熊皮毛的价格

---

1 又称"忏悔星期二"，是基督徒思罪忏悔的节日，是在大斋节首日之前的星期二举行。
2 横贯俄罗斯东西的铁路干线。起自莫斯科的雅罗斯拉夫尔火车站。该铁路于1891年动工，于1916年竣工，全长9 289千米，曾是世界上最长的铁路。

就跌得特别厉害。可这只熊崽的母亲还是在打猎活动中被阿尔卡季的一个生意伙伴射杀；那人又慷慨地安排人把那只熊崽用箱子装起来，送上了前往莫斯科的火车。他们接到了雅罗斯拉夫火车站的通知，所以知道熊崽到达的时候还活着。不过当然必须找人把它取回来。库里亚金太太和她妹妹异口同声地说着这件事，这让弗兰克觉得不是很自在。

还是个孩子的时候，他多次参加新年招待会，有时是在莫斯科，有时是在乡下，招待会上，人们会找来一头熊给大家表演节目助助兴。领着熊穿越厨房、走进会场的时候，经常得先跟看门人、再跟厨子争执一番。那头熊戴着一个项圈，在明亮灯光的照射下，看起来有些昏昏欲睡。一开始，它一点点地挪动着步子，仿佛每走一步都很痛苦；接着，经多次提醒，它给大家带来了所谓的模仿表演，先是模仿哥萨克舞蹈，然后模仿一个老农身着重负、摔倒在地；再然后，它被领着走出房间的时候，又模仿一个英国家庭女教师一边傻笑，一边扭头环顾四周，看向男人们。或许是因为太多次表演这个把戏，它项圈下面的皮毛已经磨没了。有时人们会给它一个橘子作为奖赏，可驯兽师会跟它开个玩笑，将橘子拿走，看着那头熊有些失望，大家都会开怀大笑起来。

弗兰克从未被跳舞的熊逗乐过，据他所知，其他人也没有。不过，这次的熊只是一只熊崽。回到里德卡后，他把自己的安排说给了塞尔温听，主要是因为把那些话复述一遍给别人听能够缓解他的焦虑。他想，起码塞尔温无法将这件事和托尔斯泰扯上关系，结果却发现列夫·尼古拉耶维奇曾在过年时身披一张用帆布做内衬的熊皮，扮成一头熊来表演节目。据塞尔温说，这让他得以转变思路，从宗教的角度去看待整件事。

八

*

让人失望的是，库里亚金家的那只熊崽实在太小，它的脑袋与身躯相比显得太大，似乎压得它有些行动不便。熊崽的皮肤特别松弛，仿佛它发育得不够好，皮肤没能紧贴着肉。浓密的皮毛长得到处都是，有深色的，有金色的，还有姜黄色的，却没长在整根脊椎上——于是，秃掉的部分形成了一条清晰可见的线——也没长在手套似的爪子和后腿上。伸出的爪子看起来像是金属做的，毕竟熊本身是一件危险的玩具。前后腿都向内弯曲。人们对它的印象大抵如下：糊里糊涂，涉世未深，明显还需要一段时日的呵护。它必须动动脑筋，才能在地上笔直地行走，而且没办法次次成功。米佳·库里亚金用台球杆戳中了它，接着它晃了晃自己那颗鱼雷形的脑袋，绊了一跤。

"它就这么点儿本事？"他妹妹玛莎问道，"你说过它会跳舞的。"

米佳在英国客人面前丢了脸，可他本打算当着他们的面大出风头；让他丢脸的是一只动物，而十三岁的他大概更喜欢跟机械有关的东西，便大喊道："好吧，放音乐！"玛莎走到了自动钢琴前，琴是库里亚金从柏林买回来的，他本以为它可以免去他不得不教孩子们弹钢琴的麻烦。这么做也许是对的，孩子们确实对那架钢琴没什么兴趣；他们虽然知道如何开关钢琴，却不知如何更换钢琴纸卷。玛莎转动开关后，那台白痴装置便从乐曲中间演奏起来。玛莎纵身跨过装饰着织锦缎的钢琴凳，猛按琴键，让钢琴发出最大的声响。熊崽退到了房间最远的角落。它的爪子擦到了地毯外的地板，发出了巨大的噪声，然后它转过身来，面朝着所有向它走来的人。

"它不会跳舞，什么都不会，它就是个笨蛋。"

他们试着往它身上泼冷水。那只熊崽打着喷嚏，抖了抖身子，又试图舔干净皮毛上那些闪闪发光的水珠。

"它渴了。"多莉冷冷地说道。看了一会儿熊以后，她和本没跟其他人站在一起，而是一起站到了窗帘后面。

"你们俩在说什么呢？"米佳大声叫唤道。

"我们在说你应该给它点儿喝的。"

"是呀，它也是上帝创造出来的。"狡猾的玛莎说道。

米佳慌慌张张走出房间，回来时拿着一瓶伏特加和一只镶着金边、做工精致的浅蓝色陶瓷茶托。

"你从哪里弄来的这些东西?"多莉问。

"从餐厅。都摆在外面,应该是给什么招待会准备的。"

"你家里人让你进餐厅吗?"本问。

"我爸爸在里加[1]。这里我最大!"米佳的脸兴奋得都涨红了,看起来傻乎乎的。他把伏特加倒进茶托,洒了些到地上,端着茶托走向熊崽所在的那个远处的角落。熊崽的嘴巴一回张开,深色的长舌头伸了出来。它稍稍歪着头,把茶托舔了个干净。米佳又往茶托里倒了酒;这一次,小熊把头扭向另一边,又喝了起来。

"跳个舞吧。"米佳喊道。

熊崽后腿着地站了起来,突然变得和米佳一样高,米佳见状,往后退了退。原本就有些摇摇晃晃的它失去了平衡,便伸出小手一般的手掌,跟跟跄跄地走到地毯上,它的脚爪牢牢抓住地毯,身子也没那么晃了,一股尿液涌了出来,溅到了红蓝色图案上。不知怎的,它的一只耳朵外翻,露出了内侧的苍白皮肤。暗色的尿渍蔓延开来,这时它翻了几个身,然后侧着身子夺门而出。所有的孩子都大

---

[1] 里加(Riga),现为拉脱维亚首都。曾为波罗的海最重要的贸易中心。1710年被俄国人占领,此后成为俄国西北部重要港口和贸易中心,至18世纪发展为海港。1918年拉脱维亚独立,里加成为首都。1940年并入苏联,1991年拉脱维亚独立后,里加又成为首都。

笑起来,达莎[1]和本也不例外,他们聚在一起,既觉得好笑,又觉得恶心,笑声让他们着了魔,弯下了他们的腰,从他们的眼睛里挤出了眼泪。

"它去餐厅了。"

接着他们安静了下来;只有米佳还在放肆大笑,其他人则一个接一个走到屋前,先是听到一阵撕扯声,又听到一阵碰撞声,好似春日大地刚刚解冻时碎冰裂开的声音;与此同时,他们能在每一面墙上的大镜子里看到熊崽笨拙地从餐桌的一端走到另一端,将玻璃杯和银餐具弄得一团糟,拖动桌布,拽倒立在桌上的每一瓶伏特加——仿佛那些瓶子是九柱戏的木柱[2]——然后拼命舔着酒瓶里洒出来的酒。仆人用来上菜的那道门猛地被推开,看门人谢尔盖冲了进来,他用手在胸前画了个十字,然后毫不犹豫地抄起一把铁铲,揭开白色的陶瓷火炉的盖子,铲出一堆热得发红的木炭,撒到了熊崽身上。桌布早已被烈酒浸湿,火焰顿时腾空而起。熊崽尖叫起来,叫声像小孩一样。身上着火的它试图用前掌保护自己的脸。米佳还在捧腹大笑,这时,从外面的走廊上传来库里亚金的咆

---

[1] 达莎(Dasha)即多莉。
[2] 现代保龄球运动的前身,主要流行于欧洲。九柱戏的玩家需要将一个通常没有指孔的球滚下球道,以击倒球道尽头的九只木制球瓶。

哮声。他在妻子的恳求之下早早回了家，所以原本还有些沾沾自喜。"你们这群淘气鬼，难道我必须自己把自己领进家门吗？"他站在门口，"那头熊怎么着火了？我来帮它脱离苦海。我会打烂它的脑袋。我会把你们全都揍一遍。"

弗兰克默默带着多莉和本离开了喧闹不已的库里亚金家，他想知道，这一切发生的时候，库里亚金太太到底去哪儿了，他还想知道，谢尔盖傻是傻了点，可他为什么不用水泼那只可怜的动物，而是把热得发红的煤渣撒向它。孩子们能答得上来的只有后一个问题。谢尔盖知道熊特别喜欢水。水永远无法阻挡一头熊。

"你跟我们说过，你觉得，只要我们能安安静静的，"本说，"我们每天放学后都可以去那里。"

"我现在不觉得了。"

"你现在怎么看？"

"我明天必须去阿尔卡季·库里亚金的办公室一趟，给他些钱，钱虽然不多，但我得主动赔偿他家遭受的部分损失。"

"你会问他那头熊怎么样了吗？"多莉问。

"不会。"

"它的脸当时都烧起来了。"

"我不会问他的。"

库里亚金的账房过时到荒谬的地步,几乎紧挨着他家,仿佛他想同时守着两栋建筑。在那里,弗兰克再次得知主人不在,这一次告知他的是一位职员:"我一整天都没见过他,弗兰克·阿尔贝托维奇。"

那里的职员依然在使用钢笔和墨水,他们每周会分到固定数量的笔尖。他们的计算是在算盘上完成的,黑白两色的算盘珠子急促地噼啪作响,接着安静下来,再接着又噼啪作响。

"呃,我有话要对他说,不会占用太多时间。"

"那要是有人问我为什么让您进去,我该怎么说?"那位职员问。

"就说你一整天都没见过我。"

不久前,弗兰克发现,里德卡的机械室里的地板需要加固,库里亚金则同意为其提供制作新的搁栅[1]所需的木料。离双方约定的提货日还差四天的时候,库里亚金托人告诉弗兰克,说自己病了,没办法谈生意。两天后,他惊讶地发现,弗兰克竟然不知道他不打算做这笔生意了,而

---
[1] 支承地板的木架。

他之所以这么做，是因为觉得做木材生意对一个老实人来说实在无利可图。又过了一日，有人说他朝圣去了。一周后他回来了，却托人带口信说他目前不能见弗兰克，也许永远都不能见，因为他和弗兰克的父亲之间有些误会。至于那些木料，它们都放在某间仓库里。那天晚上，库里亚金碰巧在一家亚美尼亚澡堂的蒸汽浴室里遇见了弗兰克，他醉得很厉害，眼泪汪汪地拥抱了后者，还请后者原谅他没办法按照约定供货。第二天早上，他激动地说，他不久前本可以把木料送到弗兰克手上，可他没向工商业部门缴纳比例税，而且也没为格里沙准备礼物，格里戈里·拉斯普京确实经常收受贿赂，不过从来没有收过库里亚金的财物，毕竟库里亚金避开了彼得堡，只做现金生意。现金交到他手中的时候，他会仔细检查一遍，确定其中没有一八七七年的纸币，或是一八六六年发行的面值为一百卢布的纸币。这两种纸币都不是法定货币。或许他更希望别人用家禽类食物或汽油来抵账。最终，弗兰克拿到了他所需要的木料，只比预想的时间晚了几小时。他的推测倒不是很离谱。

库里亚金的私人办公室和整栋建筑一样，光线不太好，也不比其他地方舒服多少。一看见弗兰克，他便张开双臂。他穿着一件黑色的阿拉伯长袍，袍子散发出一股浓烈而健康的体味。一起不幸的事故？孩子们没人照顾？损失？碎了的瓷器，尿湿了的地毯，着火，损坏，二十三瓶半最好的伏特加？难道弗兰克觉得库里亚金的信用不够好，连这么一点儿小小的损失，这么一件微不足道的事情都承受不起吗？难道他觉得自己家缺桌布吗？回来后，他只需要做下面几件事：解雇谢尔盖和一些女仆，揍米佳一顿，租些雪橇，等宾客来了以后告诉他们不用脱掉大衣和橡胶套鞋，然后用雪橇载着他们所有人去克伦金的餐馆。

"我很好奇你妻子当时在哪里。"弗兰克说，"按照我的理解，她应该陪在孩子们身边才对。"

"她当时正躺着，像所有女人平时那样。她很怕动物，受不了它们出现在家里。"库里亚金继续说，此时话锋一转，问弗兰克晚上要不要去他家，还说他不必在意任何礼节，只需要和他们共享上帝的恩赐。

"算了，谢谢你，今晚还是算了，阿尔卡季·菲利波维奇。"

"你不愿赏光来我们家吃顿便饭吗？"

弗兰克知道自己不应该接受邀请。他不可能就这样贸然去库里亚金家中做客。二等商人的待客之道绝非如此。他们必须好好准备一番。不然的话，他给他们添的麻烦很有可能和那头熊一样大。

库里亚金挽住弗兰克的胳膊，陪他走下没有任何装饰的实木楼梯，两人都很有经验地避开了那些不太牢固的地方。

"你为什么不找人修一修这楼梯呢？"弗兰克问，"你为什么不给你的职员们装一部电话呢？那些德国人就要走到你前面了。"

"你为什么不让你的妻子回到你身边呢？"库里亚金一边大喊，一边爆笑起来，这时，看门人从他那间橱柜似的房间里走出来，深深鞠了一躬，然后领他们上了街。对库里亚金来说，生活和生意一样，都是一场游戏，但不是赌博游戏。与之相反，在这场游戏中，他已打点好一切，志在取胜，不过那些规则都是他定的。他知道孩子们在他那个不够开化的家中曾陷入险境，所以他觉得弗兰克的到访是一种责备。可是，借着冒犯弗兰克——他是真心诚意喜欢弗兰克——的机会，他的优越感又回来了。这几乎弥补了他的那些损失，毕竟他特别喜欢他所失去的桌布、玻璃杯和瓷器。

九

*

弗兰克径直去了离马罗谢伊卡街不远的英国牧师办公处,也许那才是他一开始就该去的地方。格雷厄姆太太常在晚上的茶歇时间会客。他并不害怕格雷厄姆太太,至少不像有些人那样怕。再者,他去找她,把自己的困境说给她听,实际上是在帮她的忙。她是某位学者的女儿,在剑桥长大,不甘心住在莫斯科。弗兰克知道,虽然她自己没上过大学,但或许可以称她为某种学者,她这位学者研究的是麻烦,更准确地说,是他人的麻烦。

"是里德先生吧?"她用那古怪、高亢、略显拖沓的声音喊道,"我料到您会来,但还是很高兴见到您。"

"您知道我会来问您一些事情?"

"当然。"

格雷厄姆太太就像一只一连几天什么也没捕到的猛禽一样坐立不安,她对他点点头,示意他坐到紧挨着她的座位上。在牧师的办公处,除了格雷厄姆先生的书房里有舒服的椅子,其他地方都没有。

格雷厄姆太太当时并非独自一人,诚然,她很少有机会独处。在她沙发对面坐着一个女人,那女人年纪与她相仿,在四十至五十岁之间,穿着一条面料结实的灰裙子,一件与裙子不太相配的灰色宽松上衣,一件点缀着粉红色小斑点的灰色夹克衫,还规矩地戴着一顶毡帽。总的来说,她给人一种能够勇敢面对逆境的印象。格雷厄姆太太在介绍那位女士时称她为缪丽尔·金斯曼小姐。弗兰克这时想起来,有人告诉他,她即将从偏远的乡村来到莫斯科。在乡下,她是一位家庭教师,可后来受到了不公正对待,被雇主解雇,离开了所在的庄园,大家照例帮她筹到了回家的路费。"她不仅看上去像个被解雇的家庭教师,而且她生来就是一副教师模样。"格雷厄姆太太曾对他说,"所以我觉得,她经历了那样一件事,心里应该特别难受吧。"此时他同她握了握手,说道:"很高兴认识您,金斯曼小姐。您没办法在莫斯科多待一阵子,对此我表示很遗憾。"

金斯曼小姐有一张饱经风霜的脸,她用脸上那双特别忧郁的眼睛凝视着弗兰克。"如果有人对我是否能待久一点儿感兴趣,哪怕只有一丁点儿兴趣,那我也很乐意留下来。"

"可是,您难道不打算回家和家人团聚吗?"

她没回答他，弗兰克担心自己有些失礼。他要是因为问了个问题而遭到谴责，那可真是走了霉运，毕竟他其实并不在意她到底回不回家。

格雷厄姆太太说："有时候我倾向于这么想：这世上居然有邮政服务这种东西，这还真是件让人遗憾的事。等待没送来的信的痛苦要远大于收到送来的信的愉悦。我希望我这个说法是对的。金斯曼小姐已经好几年没收到从英国寄来的信了。"

"我希望你能叫我缪丽尔，格雷厄姆太太，叫一次都行。我希望再次听到那个名字。"

"他们在弗拉迪斯拉夫斯科怎么称呼你？"

金斯曼小姐解释道，虽然大家总是叫那位德国家庭女教师（大家公认她更年轻，总之比金斯曼小姐小几岁）特鲁迪小姐[1]，可他们对她只有一个称呼，那就是"小姑娘"。

"这有什么好在乎的？"格雷厄姆太太问道，"我可不介意别人叫我'小姑娘'。"

"你要是出门去那种地方，就会在乎所有这一切。不论是什么，你都眼见它从两里外的森林里出现，下坡，上坡，到马路上，等那东西——管它是手推车、四轮马车、汽车，

---

1 此处的"小姐"为德语。

还是别的什么车——到家的时候,你早就受够了它,于是你整天都在担心,想知道这个家接下来会发生些什么;我猜,家里人提起的每一件小事,每一声狗叫,每一句责骂,钟表的每一次滴答,全都被放大了。也许,人已经分不清主次了。是啊,肯定会的。一件糟心事和另一件糟心事联系到了一起,这所有的一切加在一起,就把人给压垮了。"

钟表的钥匙不见了。冷酒器的钥匙不见了。缬草汁。旋转秋千。雪茄烟盒。酸黄瓜。浴室。撕烂的照片……她从一个主题转向另一个。弗兰克想,她越说越离谱了,想必她来这里就是为了漫无边际地闲扯一番;很明显,到底能说多久将由格雷厄姆太太来决定。他为她感到难过。

"难道这跟您期待的不太一样?"他问道。

"就不应该心怀期待。"格雷厄姆太太突然说,"人会因此变得太过依赖未来。"

她把一盒克里米亚香烟递了过去。弗兰克谢绝了,不过金斯曼小姐没有,她说:"恐怕自来俄国后,我就染上这习惯了。"

"我也是。"格雷厄姆太太说道,"我丈夫倒是希望我没有。不过我抽的是'马合烟'[1]。"弗兰克想,她也不是

---

[1] 马合烟,制作的原料是植物黄花烟草,故又名黄花烟,原产地俄罗斯,价廉。原文为英文通过俄文发音拼写出的"单词"。

总抽,但会在这种场合抽,只见她迅速地用一张黄色的纸把工人们抽的那种粗切烟丝卷了起来。她点燃烟,把头往后一仰。烟叼在她的嘴角,看上去与她那头蓬乱且打结的学究式灰发,她那件搭配着粗花呢裙子的农民款无袖短上衣,还有她的珍珠项链非常相称。"接着说!"她一边大声说,一边喷出一团烟雾。

金斯曼小姐继续东拉西扯,声音很小,有时听不清她在说什么。虽然有些东西——总是那几样,也许是雪茄烟盒,抑或是黄瓜——似乎反复出现在她的房间里,并且借由一些鸡毛蒜皮的事——金斯曼小姐说,那都是些"恶作剧"——来提醒她家里所有人都对她怀有敌意,可她跟其他人之间最大的分歧是一件高尚的事:在她看来,教育就是那样一件事。利沃夫一家似乎对辅导孩子们的功课毫无兴趣,这项工作交给了孩子们的舅舅帕维尔·鲍里索维奇,那个单身汉在利沃夫家住得倒是舒坦,除了添乱,也没什么事情可做。家里人原本打算让那位帕维尔·鲍里索维奇去念圣彼得堡军事预备学校[1],后来却送他去了柏林的一所学校,所以他才觉得应对孩子们进行出奇严格的管

---

[1] 俄罗斯帝国的一所军事学院,旨在训练贵族和军队高官子弟,为他们进入军队做好准备。1759年,其建校于圣彼得堡,最初是一所训练仆人的学校;1802年,学校重组,开始渐渐转为为贵族和军队高官子弟培养军事后备人才的学校。

教。他没法对某件事保持长久的兴趣，当然，他一向如此，兴趣来得快，去得也快，周而复始，这包括语言、心理学和体育。对体育大感兴趣时，他让庄园里的一位木匠等到最后一捆干草被割掉以后在花园里装了一架旋转秋千[1]。她觉得自己有责任指出，在她看来，那台设备并不安全。玩秋千的人得握住六根绳子中的一根，腾空而起，快速旋转，越来越快，从一个落脚处转到另一个落脚处。肯定会有人为此骨折。可活得明白不见得总是好事。

"那秋千挺好，但没法让人放心。"格雷厄姆太太说。

弗兰克觉得，她是个心地善良的女人，也许确实如此，可她言辞太过犀利。所有言辞犀利的人，不论男女，都令人生厌。

旋转秋千。利沃夫家孩子们的课程表。学习不应该和"强迫"联系在一起，而应该和"自由""快乐"联系在一起。浴室。在俄国，裸体没什么大不了。马车夫并不是有意对她无礼。孩子们的舅舅帕维尔·鲍里索维奇或许也不是有意对她无礼。撕烂的照片。

"那位小姐呢？我指的是那位德国家庭女教师。"格

---

[1] 一种体操器械，由一根立杆和一个旋转的圆盘组成，圆盘上有钩状的握把，握住握把时能使人绕着柱子大踏步前进。有的旋转秋千同样由一根立杆和一个旋转的圆盘组成，但圆盘连接着若干绳索，绳索上配有握把。文中所指的旋转秋千即属于后一种。

雷厄姆太太问道,"帕维尔舅舅和她相处得怎么样?"

金斯曼小姐顿了顿,说道:"他们相处得很愉快。"

晚祷的时间就要到了。除了东正教的教堂,莫斯科其他的教堂都不允许敲钟。格雷厄姆太太背对着那面旅行钟坐着,明显看不见钟,却知道确切的时间。六点差三分时,她开始行动起来,弗兰克便说道:"我该走了,格雷厄姆太太。本来想跟您谈些事情,当然,也可以等到下次再说。"

格雷厄姆太太说道:"不好意思,怠慢您了。"她用独特的方式跟他道了别,先是低头看着握在她手中的他那只手,仿佛想知道她从哪里接过了那只手,又用力握了握它,同时看着他的眼睛,用眼神告诉他她不会忘记他。

门厅的门打开了,圣公会的埃德温·格雷厄姆牧师出现在他们面前。

"啊,里德。你在这儿呢,里德。很高兴见到你。"

一位仆人拿来牧师的套鞋、帽子和斗篷。穿戴妥当后,牧师回了书房一趟,出来时拿着几张用回形针固定住的纸,纸上印着文字。仆人再次现身,以为还需要他做些什么事,于是环顾四周,看了看弗兰克,想知道他是否打算做礼拜。牧师挥手示意仆人退下,又朝弗兰克挥了挥手中那几张纸,算是邀请他一起做礼拜,看得他既觉得奇怪,又觉得好笑;接着牧师匆忙穿过小广场,走向小教堂。弗兰克也消失在夜色中。

他打算去诺温林荫道坐有轨电车。晚上的这个时候,乘电车回家最快捷,比雪橇还快。一种毫无来由的恐惧袭上他的心头:如果他在外待的时间太久,等他回到家中,孩子们可能已经再次离开。他在尼基茨卡亚大街右转,下意识看了看周围,发现金斯曼小姐在他身后,正灵活穿梭在一众行人间。街上都是些体面人,没有醉汉,她走得很快。弗兰克以为她本该去做祷告。可这时候,他突然明白过来:格雷厄姆太太是那种想到一件事就会迅速行动起来的人;他只在门厅待了几分钟,她便趁机把他的难处讲给了金斯曼小姐听。她早给金斯曼小姐使了个眼色。人人都知道内莉走了,很明显,大家一说起这个微妙的话题,便都成了专家。虽然胆小但行事坚决的金斯曼小姐此时正紧跟在他身后,打算向他建议:她也许能够胜任利普卡街二十二号的家庭女教师这一职位。

兴许她说得对,可此刻,弗兰克觉得自己没办法考虑整件事,更不可能做出决定。他想起,在人们帮她募捐、为她凑齐回查令十字街的路费和其他开销所需费用的时候,自己也捐了些钱,实际上捐了二十五卢布。他一点儿也不心疼那些钱,可是,都已经捐了钱,难道还不能放过他吗?在莫斯科,不论是在俄国人还是英国人的生意圈,人们都知道他是个正直的人。他对金斯曼小姐一点儿成见也没有。可是,若她想搬到他家,接管家中的一切,或者说,若别人将这个想法灌输给她,那他还得考虑多莉的感受。多莉挂在嘴边的可不是"正直",而是"公平"。若他和金斯曼小姐达成协议,多莉可不会觉得他这么做很公平。金斯曼小姐很寒酸,这个词无法译成俄语,因为在俄语中,没办法向人暗示金斯曼小姐是个不够时髦、颇为凄惨的人;她绝非存心如此,她并不邋遢,名声也不差,可这正是她的真实写照。弗兰克从来都明白自己对多莉的反对无计可施,尽管他通常都明白多莉到底在反对些什么。另一方面,究竟是什么在阻止他让金斯曼小姐赶上他,向她问清楚——要知道,他的猜测可能是错的——她到底想要什么呢?

他没遇到任何障碍,却拐进了一条小街。在那种情况下,他最好去波瓦尔街,坐上沿着诺温林荫道往下开的有轨电车。那样他便可以避开金斯曼小姐,就根本不必和她说话了。她也用不着对里德先生古怪的行为耿耿于怀。那么做的确可以让她免受痛苦。

在莫斯科,人人都抄近路。除开环绕林荫道行驶的路线,其他的有轨电车路线变更得很频繁;你若不愿花钱雇雪橇或坐出租车，就定会将大把时间花在步行上。可一旦离开主路，你就得认路（若让别人给你指路，你十有八九会迷路）。走着走着，你很快便发现一些街道的名字早换了。你面对的是高高堆起的砖头和排水管，或是侵占了人行道的披屋[1]，抑或是一间冒着蒸汽的牛棚，牛棚里那些烂掉的木板似乎在按照自己的意志"呼吸"。法律并不允许这些东西出现在那里，地图上也不见它们的踪影，你若按着地图上的指示走，就必须在想象中当它们都不存在。你很有可能没有其他选择，只能从一栋临时建筑的一扇门进去，再从它的另一扇门出来。虽然不见任何路标，但弗兰克知道，走过眼前这个拐角，他已经到了卡察普巷。这条巷子笼罩在珍珠似的夜色之中，宛若一座溪谷。转角处有一盏灯，不过不是公家装的路灯，只是一盏矮矮地固定在墙上的煤油灯。他回头一看，发现头戴毡帽、身着冬款大衣的金斯曼小姐正拐进巷子里。

理智以及基本礼仪告诉弗兰克，他必须和那个女人说话，并主动提出带她回波瓦尔街。她看起来很可怜，和这条令人讨厌的巷子格格不入，虽然没下雪，却努力想把伞撑开。可是，如果她能走到这里，那她肯定知道怎么回

---

[1] 同正房两侧或后面相连的小屋。

去，如果她跟丢了他，她可以回牧师那里去。我不乐意把我正在做什么一五一十地讲给别人听。他想，比方说，我就不乐意讲给特维奥尔多夫听。可有人正追着我不放。她对我穷追不舍，像是我欠了她钱一样。他没有向右拐回到林荫道上，而是向左拐，穿过一条狭窄的巷道，朝克里姆林宫走去。弗兰克怎么也甩不掉她，就这样，他走的路已是原本的两倍远。但那个女人也着实可怜，她肯定走不远了。

科尔巴索夫巷。巷名用油漆写在高处，可他前方的通道变窄了，路两边的麻布袋堆积如山，仿佛两座彼此相对、灯光昏暗的房子正在比赛挡住对方的窗户。一股焦油的气味飘来，还有一股油炸荞麦煎饼的难闻气味（饿着肚子的弗兰克叹了口气）。一旦走进巷子，那些房子的一楼都变成了店铺，店铺的窗户一半在路面以下。完全看不出来这些店铺做的是什么买卖。很有可能都是些修理店，莫斯科这座城市虽然有些懒洋洋的，却像母亲般慈爱，既关心那些富人，也关心那些穷得不能再穷的人，在这里，没有什么东西是修不好的。把你坏掉的鞋子、磨破的床垫、没了腿的椅子、少了床头板的床拿给我吧，我会在某个地下作坊或阴暗小店里修好它们，让它们能起码再用几个月。你可以放心使用它们，起码可以把它们抵押给当铺。

转角处有一家专卖店,是政府专营的伏特加专卖店[1]。店铺很小,但灯火通明。店铺内,一个身材魁梧、裹着黑色针织头巾的女人坐在一把凳子上,她身后是一面木隔板,上面有一扇小窗户,接通了电源,如同一个售票处。那里没地方可坐。男男女女拿着空酒瓶等待着,或是斜靠在木板上,显得很犹豫。木墙后的龙头打开之前,必须清点钱款,确保数额准确。

弗兰克确信金斯曼小姐绝不会冒险走过这个地方,这让他突然觉得轻松了不少。若她胆敢这么做,那她就是个骗子,肯定是故意戴着那顶毡帽,故意装作很寒酸,故意在牧师办公处述说那些动人的故事。他觉得,金斯曼小姐比他在莫斯科遇到的任何人都像他在诺丁汉的二堂姐艾米,虽然年轻一些,但确实很像艾米堂姐,艾米堂姐宁愿过马路,也不愿走过酒吧门口,因为她觉得,如果她这么做,酒吧的门有可能会打开,男人们会跌跌撞撞地走出来撒尿,她还可能看到女人们正在酒吧里用帽针互扎对方。至于她是否真的经历过这样的事,他并不清楚。他通常会定期给很多人写信,也会给她写,不过这个月还没写;他

---

[1] 在俄罗斯历史上,国家垄断伏特加的生产和销售的情况曾多次出现。1894年,俄国再次开始对伏特加的生产与销售进行垄断,到第一次世界大战开始时,这一垄断已基本完成。

的身体出现了一种微妙的感觉——不是内疚,而是觉得自己理应感到内疚——这种感觉又化作了熊熊怒火。然而他现在已经脱离了险境。照惯例,这家专卖店开在主街的拐角处,以免顾客直接在店里喝起酒来;若出现这种情况,就得把警察叫来。他走出商场,来到兹纳缅卡亚街上,可按理说,他此时早该到家了,这的确很荒谬。不过他现在自由了,心思又回到了那些麻烦事上,更准确地说,是他任由那些麻烦事再次浮上心头。

他走向河边,空气中回荡着从基督救世主大教堂[1]的那五座金色穹顶传来的洪亮钟声,钟声似乎未能发挥全部威力,只像是发起猛攻前的第一次炮击。猛攻并未出现——大斋节[2]尚未过去,那些钟只敲响一次,却得到了河对岸成百座教堂的响应,它们的钟也总是只响一次。他站在那里,聆听着钟声,头顶上是广袤的星空。大教堂的广场上有个斜坡,斜坡直接通到水边。河水在黑暗中流

---

1 莫斯科一座东正教教堂。拿破仑战争后,在1812年12月25日由沙皇亚历山大一世下令修建,为了感谢救世主基督"将俄罗斯从失败中拯救出来,使她避免蒙羞",并纪念在战争中牺牲的俄罗斯人民。
2 英文写作Lent,意即春天。拉丁教会称Quadragesima,意即四十天(四旬)。整个节期从大斋首日(圣灰星期三,Ash Wednesday)开始至复活节止,一共四十天(不计六个主日)。天主教徒以斋戒、施舍、克己及刻苦等方式补赎自己的罪恶,准备庆祝耶稣基督由死刑复活的"逾越奥迹"。

淌，水流依然有些不畅，堵塞水流的是碎冰——这可是冬日里一道壮丽的风景——及其携带的残片，准确地说，是不计其数的垃圾，包括篮子、大木箱、路标、洗脸盆、轮子、摇篮，这些残存的痕迹证明，人们曾把结了冰的河当作一条大路，在冰上走了四个月。在莫斯科，人们很喜欢在桥上看着这些碎冰来打发时间。据《戈比报》报道，曾有一对殉情的恋人紧紧相拥，打桥下漂过，后来被冰封了起来。每年春天，该报都会重讲一遍这个故事。

弗兰克附近的那片水域没有桥，可在某个时候，有人曾沿着纤道，用木桩圈出来一小块水面。纤道上有一架废弃的舷梯，舷梯通往一只靠空煤油桶浮在水面上的木筏。筏子上有个勉强称得上是顶棚的东西，人们可以在那儿钓鱼。还是个学童的时候，弗兰克经常擅自在那儿钓鱼。当然，三月之前，你得自己在冰上钻洞。松了一口气的他虽然急着赶路，却还是放缓脚步，下坡走向舷梯，想去看会儿冰。必须穿过河边的积雪，再往下跳两英尺，才能站到沾满淤泥、踩起来嘎吱作响的舷梯上。他站在那里，脚下半冻着的木质板条有些晃动，这时候，其他教堂的钟声听起来更加清晰，像是在基督救世主大教堂陷入沉默之际，从远方传来的哼唱曲子的声音。接着，他走到舷梯的最下面。停下脚步的时候，他又听到舷梯嘎吱响了起来，声音更轻,原来是他身后的金斯曼小姐也跳到了舷梯上。

她果断向他走来,没有上气不接下气,手中的伞这时也收了起来。弗兰克意识到,自己算是被逮住了。不管怎么说,这地方可以算是个给鱼准备的陷阱,他从十岁起就很清楚这一点;而现在,他把自己困在了这里,还得尽量装作一副没事的样子。

"您一直在努力追上我吗,金斯曼小姐?不好意思,我没看见您。"

夜晚的空气异常寒冷,如针扎般刺骨。她站在那里,说起话来很温和,没有一丝怨言。

"嗯,是的。我想您看见我了。"

两人一同站在摇摇欲坠的顶棚下;她就像鸡窝里的鸡一样平静了下来,掸了掸大衣的一侧衣肩,又掸了掸另一侧,可雪早就停了。

"这恐怕意味着您得穿过一些看起来特别危险的街道。"他说。

"那里住了些可怜人,不过我不觉得危险。"

"还得经过一个专卖店。"

"哦,我不介意那些专卖店。它们不像英国的酒吧。人们不许在店里面喝酒,这您也知道。他们必须拿着酒,走得远远的,起码得离专卖店一百米,然后才能喝酒。这东西很容易上瘾,您喝过吗?"

弗兰克喝过。"确实像人们说的那样,容易上瘾,把它生产出来,就是为了达到这个目的。也许,这就是问题所在。"

"店里有个女人,她是鞑靼族的,也就是说,她是个穆斯林,您知道吧,先知禁止她喝酒。您知道先知是谁吧?"她一边重复,一边用力点了点头。

"那,您想和我谈谈吗?"他先是问了一句,然后又补充道,"具体想谈些什么呢?"

她仔细看了看他,说道:"不想。"

"您没什么话要对我说?"

"哦,您不用担心这个。"她补充道,"我不想跟您谈,我想跟弗兰克·里德先生谈。"

"格雷厄姆太太说我是谁来着?"弗兰克问。

"我没听清楚。没听清楚不是常有的事吗?后来她就得去做晚祷了。可您也知道,这事情很急。真的,我已经订好了明天去英格兰的船票,如果我没办法在这里再找个雇主,那就彻底没戏了。我只想知道他的地址,里德先生的地址。这个地址,想必您一定知道,因为您也是本地生意圈里的人,不过他一定比您要年轻一点儿。"她透过帽檐下的暗影看着他,"我不会给您添麻烦,但我今晚得跟他谈一谈。"

"您为什么会觉得他要比我年轻?"弗兰克问。

"他的孩子们都还小,这我知道。否则我也没必要跟他谈了。"

弗兰克想了一会儿。

"不好意思,怕是要让您失望了,金斯曼小姐,我确定眼下不是跟弗兰克·里德谈话的好时机。"

"您的意思是,他不在莫斯科?"

"嗯——"

"我算是明白了,您看看,除了我自己,就没人对我感兴趣。您作为一个彻底的外人,肯定也不可能对我感兴趣。那我只能靠自己再想想办法了。"

"金斯曼小姐,我敢肯定,就算您见到了弗兰克·里德,也不会有任何结果。我很了解他,所以才会这么说。"

她认真打量了他一番。他提出送她到最近的有轨电车车站。她摇摇头,步履沉重地穿过舷梯,爬上湿滑的坡道,朝基督救世主大教堂走去。他只能像个白痴一样站在那里,假装看着河面上的冰,直至她完全消失在他眼前。

十

*

第二天早晨,弗兰克给牧师那里打了电话,发现金斯曼小姐一大早便去了亚历山大火车站。格雷厄姆太太说:"说真的,我还以为会在《戈比报》上读到关于您的新闻呢。每个人都觉得您当时打算把她推到河里去。"

"每个人都是哪些人?那里一个人都没有。"

"哦,就是那些在纤道上的人,您知道的。"

"他们在那儿干吗?"

"看冰。"

"格雷厄姆太太,依我看,金斯曼小姐想在我利普卡街的家里谋份差事,做孩子们的家庭教师。"

"哦,我就不该给她提那个建议。毕竟我知道她为什么会离开之前的地方。是浴室的问题。"

在里德卡吃午餐的时候,他试图把自己的遭遇讲给塞尔温听,其实主要是想说给自己听。塞尔温听完后说道:"我怎么不记得在那个大教堂附近有这么个钓鱼的地方。

我以为那边的河岸有专人看护，不让人靠近。"

"真奇怪，如果一个地方没出麻烦，警方就会忽略那里。那个钓鱼的地方至少存在了二十五年，我觉得那些警察早就熟视无睹了。不过重要的不是那个地方。如果你愿意，我随时都可以带你去看看。重要的是，我觉得自己在这个女人面前表现得不够好，不过我也不知道她到了英格兰后会去哪儿，就算我知道，我也很可能不知道该怎么办。"

"你这会儿在考虑给她寄些钱吧？"

"钱可不像人们想象的那样，是什么坏东西。"

"它可不能治愈心灵，弗兰克。"

弗兰克换了个理由。

"我猜她一定快五十了。在这个年纪失望，似乎不太容易走出来。我想，我的意思是，如果你年轻一点，事情会有更多的转机。"

"你多大了，弗兰克？"

"你说到另一件事了，她似乎觉得我有点儿显老。也许我还真有点儿，我说不上来。"

五点钟了。塞尔温锁好保险箱和存放账簿的壁柜，虽说他总是要参加某场会议、某场音乐会或是其他活动，可他还是再次坐下，打算为弗兰克出谋划策。

"你不知道该拿金斯曼小姐怎么办,这让你有些犯难,其实这正好反映了你也不知道该拿内莉怎么办。你不清楚她都在想什么,我说得对不对?如果你少考虑考虑自己,如果随着每个问题的答案自行浮出水面,你心中想的是,谁会因此受到伤害,谁的心情会变得更轻松,那你可能会更快得出结论,你同意我这个说法吗?"

"我在想我的孩子们。"弗兰克说,"内莉走的时候,我在想他们。那个女人穿越特维尔街那些偏僻的小巷、紧追着我不放的时候,我在想他们。还有谁会去想他们呢?"

"弗兰克,把手给我。"

塞尔温的手很瘦,手指像纺锤一样又细又长,手掌硬邦邦的,这是因为他在夏天的时候曾拄着拐杖,长途跋涉了数百里去朝圣。他叹了口气,轻轻地放开了弗兰克的手。

"弗兰克,前不久,我换了一套行事方式,而在此之前,我一直都不觉得这样行事会被原谅。我认识许多有相同行事方式的人;以前,我虽然觉得谴责他们是不对的,但也绝不会赞同他们的做法,我会尽我所能,不与他们为伍。奇怪的是,如你所知,我多年来一直受列夫·尼古拉耶维奇的影响,早就决定全身心去追求一种更有价值的生活方式,一种对我的同胞更有用的生活方式。可现在,我显然又恢复了更年轻时的那种态度。弗兰克,我说的是性冲动,还有性满足。"

"嗯,我知道你肯定在说这个。"弗兰克说。

"年轻时,我觉得,男人和女人都可以通过不断建立某种令人愉悦的关系而从中受益。但我已经意识到那种想法大错特错。这样一来,我又陷入了困境,不知道该做些什么来尽可能减少他人的痛苦,尤其是我不知道该跟相关的人们说些什么。"

"我不知道你得跟他们说些什么。"弗兰克说。

"如果是你,你会和我一样困惑吗?"

"我现在就很困惑。"

"我刚才说的话没让你不高兴吧?你没生气吧?"

"怎么会有人生你的气呢,塞尔温?那还不如因为喝了一杯冷水而生气呢。"

塞尔温笑了笑,笑容很忧郁。"我们过一会儿再来讨论这个话题。"他似乎不愿离开,弗兰克一下子就看出来了。最后他压低了声音,几乎是语带崇敬地问道:"它怎么样了,弗兰克?已经排好版了吗?"

弗兰克知道,他指的是《桦树之思》。"我正尝试着借一套欧式铅字,塞尔温,这件事你也知道。瑟京的厂里有一些,不过他们不外借。我们可能得去彼得堡试一试。特维奥尔多夫会给你排好版,他不在乎书是用什么语言写的，当然，负责校对的伙计没办法校对，不过我可以让你来做这件事。我们可以用阿尔比恩式印刷机来手动印刷。"

"标点符号可能会有点儿棘手，我很清楚这一点。我刚好——"他从胸前的口袋里掏出一本写着那些诗歌的笔记本，打开它——可它似乎自行翻到了塞尔温想翻的那一页——递给弗兰克，弗兰克意识到，虽然塞尔温愿意同情金斯曼小姐，他却未对塞尔温表达足够的谢意。这时他接过笔记本，大声读了起来：

"桦树妹妹，你觉得冷吗？"
"不，雪哥哥，
我不觉得。""什么？不冷？""对，不冷！"

"你确定我念的是对的吧，塞尔温？"
"你觉得哪里不对劲？"
"我不太确定。"
"我没有把我的意思表达清楚吗？"
"似乎有点重复了。"

塞尔温拿回笔记本，仿佛他不愿看到它落在那些不如他内行的人手中；弗兰克说他来锁门，于是被独自留在这栋漆黑一片的建筑里，仔细查看着各家纸张供应商的报价。目前来看，芬兰产的纸最便宜，但沙皇可能会立法把它禁掉。还有另外一份报价，是对那台猛犸印刷机的，这一次，报价来自库里亚金，他觉得自己在东京发现了一个买家，不过鉴于他没有做出口生意的许可证，一切事宜都必须通过第三方来完成。

一时间，弗兰克又想起了那些被弄坏的陶器和桌布。他早已探明库里亚金为何如此看重它们。原来，他效仿那些比他更有势力的商人——特列季亚科夫、库岑诺夫、博特金——将自己的部分财物留作备用，在必要时献给人民，向他们示好。

"全都给他们，那些刺绣，那些画，连波格丹诺夫-贝尔斯基[1]给我妻子画的肖像画也给他们。让人民珍藏它们，让他们记住库里亚金！"

可他还特意留下了一些别的东西，若时局不利，他不得不举家流亡，他就会带着那些东西走——特别是那些锦缎台布，不过他也只有二十三匹。还没从乡下老家奥廖尔出来的时候，他可从没见过这种东西，甚至在复活节的圣坛上都没见过。

---

[1] 波格丹诺夫-贝尔斯基（Bogdanov-Belsky，1868—1945），俄罗斯画家，其作品大多为农村儿童题材的画作以及肖像、风景画等。

十一

*

"一定得找个女人来你家照顾孩子们。"那天晚上,塞尔温在来访时说道,"一个女人若牵着小孩的手,便能保你未来无忧;同理,她若为你端饭送水,就能让你生活不愁。"

"她不一定非得做到那些,"弗兰克说,"可我希望有人能让他们一直开心,也希望他们不会一个劲儿地瞎胡闹。我希望找个能对他们说一口流利俄语的人。他们生活在这里,在莫斯科,至少眼下是这样。"

"弗兰克,我心中有个人选,是个年轻的女人,其他暂且不论,起码她能说一口纯正的俄语。"

"哪些暂且不论?"

"她受过一些教育,他们一度想把她培养成老师。我敢肯定,她有能力胜任责任重大的职位。不过她运气不好。"

"我不想找个运气特别不好的人做孩子们的老师。到底是怎么回事?"

"她很年轻——"

"多年轻?"

"依我看,十九或二十岁,而且她很穷。最有资格向我们这些人提要求的,无疑是年轻和贫穷的人。"

"她老家在哪儿?"

"弗拉基米尔。"

"那里的人多半做了木匠。"

"嗯,丽莎·伊万诺娃是个细木工人的女儿。"塞尔温仿佛伴随着音乐的节奏,微微地左右摇晃起脑袋来。

"你是在弗拉基米尔遇见她的?"

"不,我是在缪尔和梅里利斯商场,在卖手帕的柜台遇见她的。嗯,她负责男士手帕这一块。我刚才也说过,她能够胜任需要责任心的职位。"

"你是在缪尔商场跟她搭上讪的咯。"

"她当时在掉眼泪。我可受不了这种场面,我们所有人见了这场面,应该都受不了,没错,是所有人。"

"你的意思是,她被解雇了?"

"那倒没有,只不过是她不习惯大城市的生活;她跟其他大自然的孩子一样,觉得这里很压抑。"

"这都是她跟你说的?"

"不,是我感觉出来的。"

"缪尔商场在薪水方面一点儿也没亏待自己的员工。"弗兰克说,"就这里的工资水平而言。而且员工在购买商场的商品时还能享受折扣。不过我觉得,我应该试着找一个年纪大一些,或许运气也稍好一些的人。听上去,我觉得她好像得先照顾好她自己。"

"可你不能觉得这只关乎你个人的便利。"

"还跟什么有关?"

"你得试着不去考虑自己。"

得让他平静下来,弗兰克想。"好吧,不管怎么说,这个家庭教师也干不了太久。"

"这么说,你收到内莉的信了?"

"还没有。"

"可你还是在盼着她回来?"

"我一直都盼着她回来。"

"那我该说些什么?我是指,对丽萨·伊万诺娃。"

"塞尔温,你最糟糕的一点,就是会让其他人都觉得内疚。我现在就很内疚。你最好带这个女孩来见我。"

"我该什么时候带她来见你呢?"

"呃,缪尔商场什么时候关门?六点半是吧。等她下班以后,带她来我家。我不想在办公室见她。我们得看一看她对孩子们的评价怎么样。"

"你真是个好心人,弗兰克。很多人——我认为,是大多数人——遇到这种情况,可能会说:'我们得看一看孩子们对她的评价怎么样。'甚至会说:'我们得看一看我对她的评价怎么样。'"

"我一点儿都不想去为她费心思。"弗兰克说,"我脑子已经转不动了。"

他觉得他俩回避了这个话题中很重要的一个方面,却又累得想不出到底是哪个方面。

塞尔温领着丽萨走进利普卡街二十二号的客厅时,弗兰克觉得,她看起来比他预想中的要更可靠。要求某人兑现自己未知的承诺,这种做法实在不够正直(公平),可面试通常都会涉及这个要求。让他感到惊讶的是她的头发。身为一名店员,她必须把头发盘起来。老派的梅里利斯商场绝不会允许柜台后的店员将头发梳成不同的发型。可如今,她的头发,那头浓密的金发——在电灯下闪闪发光,一边是淡金色,另一边是浅灰色——从中间向两边分开,梳成两根亚麻色的辫子,就像农民的发型,更准确地说,她就像出现在芭蕾舞团里的农民。他觉得自己无法忍受这一切。

她有一张苍白、宽阔、耐心、做着梦似的脸,是一张典型的俄国人的脸,这张脸让他突然想到了自己最近见过的另一张脸,不过他不记得是在什么时候以及在哪儿见过的。她穿着黑色的店员服,披着一条淡紫色的披肩,耳朵上戴着朴素的金耳环。照塞尔温对她的描述,弗兰克本以为她出现时可能会晕倒,也许衣着很寒碜,可解开披肩后,她看起来和缪尔商场的其他雇员没有任何区别。

塞尔温提议他们全都坐下。丽莎·伊万诺娃看起来十分惊讶,接着她的表情变得平静起来,再次镇定地接受了眼前的一切。她坐在离自己最近的扶手椅上,内莉之前总是坐在那里。不过丽莎比内莉要高,身子也比她宽,这样一来,她的脑袋几乎和椅背同高。她一动不动地坐在那里,坐姿一点也不僵硬,可谓和椅子融为了一体。内莉从来不会一动不动地坐着。她总会一跃而起,走来走去。

弗兰克直接对丽莎说话的时候,她很有礼貌地转过身来面向他,可她的那份镇静产生了一种奇怪的效果,让人觉得,她虽然很客气,却好像在倾听着别的声音,一种他听不到的声音。

"你以前常照顾孩子吗?"他开始问话,可塞尔温身子前倾,急匆匆用英语打断了他。"弗兰克,我是你的会计,在这之前是你父亲的会计,做这份工作我真是尽了自己最大的努力,但在现在这个问题上,你必须把我当成你的老大哥。"

丽莎听不懂塞尔温的那番话,所以不觉得尴尬。很明显,她在保持安静方面颇有些天赋。她面无表情地等待着,可看她那副模样,她并不被动,一点儿也不像是个听候处置的人。

"我只有一个请求,"塞尔温继续说道,"那就是你得明确地说,这里的气氛让人充满希望,此外,你丝毫不怀疑自己很快能和妻子团聚。我可是很坦率地在跟你说话。"

"我本来还以为,你说的这些事我们都再清楚不过了呢。"

塞尔温的情绪平复下来。他见一切进展都很顺利,便将心思放到了他的下一项慈善事业上。他这个人爱心泛滥,四处寻觅着其他的不幸事件。

弗兰克又试着问了一遍:"丽莎·伊万诺娃,你以前常照顾孩子吗?你之前照顾过孩子没?"

"嗯,我照顾过弟弟妹妹们。"

"你觉得这件事做起来很难吗?"

"照顾一个孩子很难。如果有好几个,那就很简单。"

"是这么回事吗?"她的回答引起了塞尔温的注意,于是他问道,"我本以为正好相反。"

"呃,我有三个孩子。"弗兰克继续说道,"你马上就能见到他们。我妻子因为一些急事被叫回英格兰了。另外两个孩子上学的时候，得好好照料最小的孩子，我想，也许还得教她认些字母和数字。孩子们中午放学回家以后，总希望趁着冰还没化的时候去滑冰，或者去普列奇斯特纳亚散步。"

"您想让我住到这栋房子里吗？"

"你目前在哪儿住？"

"我住在女店员宿舍，在缪尔和梅里利斯商场顶层。"她又补充道，"我更愿意住在您家里。"

"我们没必要去普列奇斯特纳亚散步。"本一边走进客厅，一边说道，"除非多莉打算去什么地方，不然她不愿意走路，而我只会去一个地方，那就是彼得罗夫卡街的诺贝尔汽车修理厂。"

"去把多莉叫来。"

"那安努什卡呢？"

"嗯，也把安努什卡叫来。"

本离开客厅后，塞尔温站了起来。"你做出了正确的决定。"他说，"我该走了。"他打算去育婴院[1]。他怀着怜悯之心，急匆匆跑到那些或贫穷、或不幸、或痛失至亲

---

[1] 育婴院，收容和照顾弃婴（父母身份不明的婴儿）的医院。

的人们的隐蔽住所，他虽然是个外国人，却能愉快地迈步走进那些住所，这时候，当然不应该对他失去耐心或是大加批评。诚然，之所以如此，在一定程度上是因为人们常认为他受到了上帝之手的感召。

三个孩子都来到了客厅，安努什卡沉默不语，多莉管她管得很严，这时弗兰克突然意识到，尽管母亲不在，可看表现，他们恐怕没受到什么影响，这和他预想的很不一样。他们本应比之前更安静或更吵闹，但他们似乎毫无变化，这让他很是不安。若有任何迹象表明他们不开心，他都会觉得心碎，可完全没有这方面的迹象，这让他颇为焦虑。这栋房子的暖气很足，而安努什卡或许围了太多条披肩，穿了太多件衣服，她的脖子上挂着两块神圣勋章，还戴着她的金十字架，不过她看起来更像是被人溺爱，而不像是疏于照管，仿佛她过得很快乐。

"这是多莉。"他开始介绍孩子们。

"多莉就是达里娅？"

"嗯，达里娅，达莎，达申卡。不过我是英国人，我叫多莉。"

"多莉，这位是丽莎·伊万诺娃。以后就由她来照顾你们，我也不知道她会照顾你们多久，只要有必要，她就会照顾你们，或许会照顾你们几周，或许会更久。"

多莉和丽莎握了手,这么做在眼下很合适;两人都有些矜持,在绿色的灯光下面对面站了一会儿,没有发表任何意见。

"本,来和丽莎·伊万诺娃握手。"弗兰克说。

"你会住到我们的房子里来吗?"本问。

"我想是的。"

"你最好能下定决心。"

"你又不知道什么样的决定对我更好。"丽莎平静地说道,"你以前从没见过我。"

"不,我见过。我在缪尔商场见过你。"

"在卖手帕的柜台。"多莉补充道。

"你有没有留意过我们?"本问,"我们经常去那里。"

"不,没有。要是我让你们失望了,那实在是不好意思。"

"你没让我们失望。"多莉说,"我们只是想知道你的观察力敏不敏锐。"

弗兰克觉得,如果丽莎习惯了孩子们的思维方式,她就会发现照顾孩子会变得容易一些。内莉以前经常对他说,她不知道孩子们的思维方式是从哪里学来的,她还说,虽然她不希望他们变得像自己的娘家人那样,可她希望他们至少不要跟别人家的孩子差太远。然而她离开了他们，把他们送回了从莫扎伊斯克开来的火车上，就像处理包裹一样。

他建议，丽莎应该通知缪尔和梅里利斯商场一声，下周一来利普卡街履职。

"嗯，我必须上完这周的班再走。"

"周一的时候把你的东西都带来。你在这里会有一间自己的房间。"

她头一回露出震惊的表情来；这时他意识到，不论是在乡下老家还是在莫斯科，她以前还从未独自一人在一间房间里睡过觉。

孩子们跑到厨房去了，他知道，在那里，他们会要求给面包蘸上茶水，还会和厨房里的其他人讨论丽莎·伊万诺娃。他能听见厨房里传来的声音，越来越多的人聚集到厨房，于是厨房的门开了又关，那里传来的声音则随之时而更响，时而更轻。也许孩子们没有了怜悯之心会过得更好。可转念一想，也许丽莎不需要别人来可怜她；他记得，塞尔温差一点儿就告诉他为什么说她很不幸，为什么她曾在缪尔商场的柜台后哭泣，可塞尔温终究没告诉他。

他们将她的工资定为每周四卢布六十七戈比，跟她在商场时挣得一样多，不过当然不会从工资里扣掉食宿费用。虽然他开出的薪水并没有让他觉得特别自豪，可他还是看得出,她觉得这份薪水已然相当丰厚。

"另外还有一件事情,就这一件,丽莎·伊万诺娃。你的头发。"

"嗯?"

"我更希望你别扎辫子。"没人强迫他非要给出个理由来,他也没给理由。她点头示意自己已经明白。"你还有什么事想问我吗?"

"嗯,您有乡间别墅吗?"

"是的,我们确实有一栋,在别廖兹尼克。当然,孩子们很喜欢那里,但我自己去那里的次数不多。说真的,我宁愿把它卖掉,太潮湿了,不过现在还是冬天,我还用不着考虑这个问题。"

"快到春天了。"

他希望她不会开始反驳他,也希望她偶尔能笑一笑。他无法想象的,是她在缪尔商场或是别的地方流下的眼泪。她对外面世界的了解不至于深刻到让她做出那种举动来。

十二

*

弗兰克给库里亚金打了电话,问他日方报价购买猛犸印刷机的事情是否有最新消息。"如果你弄不到出口许可证,那我得去别处看看。我得清理一下那块地皮,然后把厂区连同车间一起租出去。自从我父亲去世后,那个厂区每年的机会成本[1]为三千卢布。当然,我还是更愿意卖掉它。"

"还有树呢,那些树怎么办?"

"当然是和厂区一起处理,不过也没多少,只有几棵柳树和桤木。"

"远不止几棵呢,弗兰克·阿尔贝托维奇。"

像所有的商人、所有的农民那样,库里亚金对砍树很痴迷,一心想找机会砍树。他开始梦想着买下那个厂区,并为此苦恼。至于那台猛犸印刷机,弗兰克没想过现在

---

[1] 在面临多方案择一决策时,被舍弃的选项中最高价值者。

能收到直接回复。可他也没料到库里亚金会突然改变话题，只听库里亚金大声笑了笑——那笑声似乎能把脆弱的电话和电话线毁坏——说道："这么说，你现在找到合适的人选了？再也不会有英国女家庭教师了？再也不会有老女人了？"

"我找着了一个女孩，嗯。她不是家庭教师。"

"我来跟你讲个故事，故事发生在奥廖尔地区，发生在我老家。"库里亚金大声说道，"这个故事说明了什么？呃，它只不过告诉我们，做一家之主是很有必要的。一个农民娶了个年轻的女人做老婆……"

库里亚金经常讲这种故事，不过，说句公道话，弗兰克从来没听他把同一个故事讲两遍。之所以如此，可能仅仅是因为那些故事不像他总是声称的那样，发生在奥廖尔地区，而是他顺势编造出来的。

"他本来有一百个别的女人可选，却选了个懒婆娘，那个懒惰的女孩在家里什么事情都干得特别差劲，还逼着他卖掉自己的马给她买好看的衣裳。此外，她做的面包没发好，只能扔掉喂猪，可猪吃了那面包后就痛苦地死掉了。她纺的细麻布特别粗糙，两口子上床休息的时候，床单把他的皮肤都磨破了。最后，他对那女人说道：'你逼我卖了马，害死了猪，却连个孩子也没生出来。那现在，你来拉车，吃燕麦和黑麦，去干马干的活儿吧。'这样一来，他才确立了一家之主的地位。你得记住这个故事，因为它可以让你学到很多有用的东西。"

"一点有用的东西都没有。"弗兰克说，"不管是主题还是细节我都反对。"

"那是你没听懂。英格兰那地方没有农民，所以也没有故事。"

"我们有很多故事。"弗兰克说，"但女人总是占上风。"

"那你更有理由记住这个故事了。"

在印刷厂，工作进展得很顺利，没有意外发生，厂里形成了一套自己的工作模式：将条目录入订货簿、生产订单所需产品、检查货物、清点数目、堆放货物、配送货物。他对特维奥尔多夫说，只有一个地方很棘手，那就是手动印刷《桦树之思》所需的欧式铅字。目前他还有几个地方没去问过。

特维奥尔多夫正把用过的铅字放回原位；他一边听弗兰克说自己的难处，一边继续"咔哒咔哒"做自己没做完的工作，连铅字的标签都没看一眼。很明显，他对弗兰克说的那些话不感兴趣，更准确地说，是他对别的事情更感兴趣。他一边继续忙着，一边说道："男人有男人的本性。他不能照看孩子,也不能一个人生活。"

"为什么不能?"弗兰克问,"塞尔温·奥西佩奇就能一个人生活。"

"也许吧,可他是上帝的子民。"

"我不明白为什么男人不能一个人生活,不管是谁,只要保持清醒,他就能。"

"这是您的说法,弗兰克·阿尔贝托维奇,可您的妻子几天前才离开,您就已经把一个女人领回家了。"

特维奥尔多夫说这番话不是为了责备弗兰克。如此说来,他的观点与库里亚金的并无太大不同。

更为重要的是利普卡街家里那些人的看法,这关系到弗兰克能否心安。得听一听托马和厨子的看法,从某种程度上来说,还得听一听看院子的狗布拉什尔的看法,那条狗很忠诚,但很愚蠢,且极度黏人。院子里的杂务工没什么看法,狗的看法就是他的看法。托马代表所有人发言,他没有解释众人如何得出了结论,而是直接告诉弗兰克,他们很乐意在下周一欢迎丽莎·伊万诺娃。

"呃,她来了吗?"那天晚上,弗兰克问道。当时,孩子们围坐在餐桌旁等着吃晚餐,桌上摆着好几种面包,还摆了一盘凉拌卷心菜,由于还在过大斋节,所以是用葵花油,而不是黄油拌的。本正在抱怨安努什卡居然头一回希望做饭前祷告："哦，我主耶稣，你带着五张饼和两条鱼……"那个胖胖的小女孩叽里咕噜地说了起来。

"她都不懂自己在说些什么。"本说。

弗兰克感到极为不安，这种感觉曾在英国牧师拿着布道词向他挥手、邀请他一起做礼拜的时候出现过，那时候，牧师虽然表现得和蔼可亲，却没有指望他真的会去。他虽然算不上热心，但也不算特别冷淡；虽然不信，但也不是完全不信，而且早就养成了不问自己怎么想的习惯。

"做祷告，也没什么坏处。"他说。

"她这么做毫无意义。"这时候，多莉头一回抬起头来，说道，"我老师说，上帝并不存在。"

"我以前从没听说过这种事。"

"哦，我主耶稣，你带着五张饼……"安努什卡继续说着。

"今年我换了个老师。"多莉说，"去年，我们的老师是阿纳斯塔西娅·谢尔盖耶芙娜，今年，我们的老师是卡佳·阿列克谢耶芙娜。"

"她长得很丑，"本说，"她胳膊上的黑色汗毛特别多，都可以塞满整个床垫了。"

多莉没理他。"她每件事都会思考很久，她还说上帝不存在。"

丽莎走进了房间。她面向弗兰克,只是想确认到底该由谁来维持秩序,可这个动作似乎已经足够;早就想安静下来的孩子们安静了下来。弗兰克也安静了下来,因为丽莎剪了头发。她的新发型看起来很像样,或许是她找人帮忙剪的。

"我老师的发型就是这样的。"多莉说道。弗兰克不确定这种相似是不是吓到她了。

大家不再说话,房间安静下来,每个人都坐下来准备吃饭。弗兰克努力不去看丽莎。剪掉头发后,她的容貌发生了巨大变化。她的眼睛非常漂亮,不算特别大,双眼靠得很近,不过眼睛很长,呈椭圆形,瞳孔是深灰色的,睫毛是黑色的,下眼睑稍稍向上翘起,仿佛她一直在盼着用眼睛直视强光。所有人都围坐在她周围,她一开始肯定觉得尴尬。不过,朝她看了一眼后,他突然意识到,人在吃饭的时候,脸部居然会有如此大的变化。丽莎的脸色很苍白,表情很平静,甚至在说话和微笑时都不会发生变化;而现在,由于嘴巴里塞了一大块白面包,这张脸变得扭曲,右侧的脸颊凸了出来;与此同时,她精致且年轻的下巴机械地来回运动着,她洁白的喉咙在努力咽下土豆汤的过程中膨胀了起来。"好吧,这个女孩得努力活着。"他想。她可能是饿了。丽莎肯定不担心他怎么看自己。也许她觉得他应该对她如今的这副模样感到满意，或者说她根本没想到他，后者的可能性更大。毕竟她已经受雇于他，拿着双方商量好的薪水来临时照看孩子。此外，按理来说，她的那头秀发不复存在后，她看起来也没那么引人瞩目了。他希望自己的想法是对的。

托马端来一个大浅盘，把它搁在餐具柜上，盘子里盛着已经用来做过汤的鱼。和用来盛汤的大盖碗一样，它也是内莉随身带着的那套餐具中的一件，她先把它们带到了德国，然后又带到了莫斯科，那套餐具产自斯塔福德郡，是查理送给他们的。天知道它们被海关扣留了多长时间——由于搬运工用英国报纸把它们包了起来，他们不得不等到那些俄国审查官员读完，或声称读完报纸上的每一行、每个字。

大盖碗的盖子一揭开，大量的水蒸气便冒了出来，传来一股鱼腥味，闻起来如同日落时分的码头。每个人都舀了一整盘，只有安努什卡没舀，她用的是一个小碟子，不属于内莉的那套餐具。她哀号起来。

"你就不该在这里。"多莉对她说道，"我们爱你，但你是多余的。"

安努什卡的哭声变得更加响亮，于是丽莎默默起身，领着她离开了房间。

"给丽莎·伊万诺娃留点儿热的。"弗兰克说。

丽莎和安努什卡离开房间后,他趁机向多莉打听了一下她新老师的情况。

"牧师没在你们上课时顺道拜访吗?"

"哦,你说牧师啊!"多莉说,"嗯,他来过,不过他很怕女政治家。他很怕我老师。"

"如果她是个政治家,那她应该不会在你们学校工作。"可是,前一年的时候,这位老师似乎以嫌疑犯的身份被流放到了叶姆察河的某个村庄,在那里待了一段时间。"政府每个月给她十三卢布,还会给她一笔额外的补助,让她买冬衣,不过她一件也没买。"

"她很寒酸。"本说。

"你若是农民出身,在流放期间每个月就只有八卢布。"多莉继续说道,"当然,你也可以去土豆地里干活儿挣钱。"

"丽莎·伊万诺娃是农民出身。"本说,"她的身份就是农民。她的证件上都写着呢。"

"你看过那些证件吗?"

"没有,我们问过她。"

"行,我明白了。"弗兰克说。

"等她再次下楼的时候,一切就会好起来了。"多莉说。丽莎给房间带来了一种奇怪的宁静,弗兰克之所以觉得奇怪,是因为这种氛围也让他有些心神不安。丽莎哄安努什卡睡了觉;她开始吃鱼,这时弗兰克发现自己的猜测是对的,她确实是饿了。"只是吃顿饭而已,没必要那样。"他想。缪尔商场的店员吃饭得付钱,不过员工餐厅和他的印刷厂里的食堂一样,都享受了补贴。如果她在那里吃不饱,那么,除了怪她自己,还能怪谁呢?她把工资花在哪里了呢?为了让谈话继续下去,他说道:"我发现你把头发剪了,丽莎·伊万诺娃。"

"我们所有人都希望你没剪。"本说。

"好吧,可能我剪错了,反正头发会重新长起来的。"丽莎说。

在弗兰克看来,她应该以一种困惑或责备的眼神看着他,或者至少举起手来,放到后脑勺上,女人们在别人提到她们的头发时都会这么做。

"你看起来像个学生。"本说,"你只差一把我的枪了。"他拿出一把玩具转轮手枪,是用木头和锡做的。"是把韦伯利[1],如今所有的学生都有这种枪。我是在库兹涅茨基桥附近的日本商场买到的。"

---

[1] 由英国生产的一系列军用和警用转轮手枪。它在第一次世界大战期间成了英国军队以及其殖民地军队的制式手枪。

"我以为那里卖的是风筝。"弗兰克说。

"他们确实卖。"本说,"我不想要风筝。"

"丽莎之所以剪头发,是因为她头一次来这里时,你不喜欢她原来的发型。"多莉说,"发生了这种事,你得说点儿什么。"

"我猜丽莎不想坐在这里听我们谈论她。"弗兰克说,"谁愿意呢?我肯定不乐意。"

"我不介意有人说我看起来像个学生。"丽莎说,"我倒是希望自己上过学。可我不希望看起来和我真实的身份不符。"

——你怎么可能看起来和自己真实的身份不符呢?——弗兰克不想大声叫喊,只想非常冷静地说出自己的看法。——你,丽莎·伊万诺娃,就是披着衣服的美好肉体,离我只有一臂距离,或者说几乎一臂距离,这样的你最为美丽,可这份美丽却因为你愚蠢地剪掉了头发而稍有减损——你肯定知道我本意并非如此,那你为什么还允许别人对你动用剪刀——也许只是稍有减损,却实实在在。可只有通过触碰,我才能意识到什么样的东西是确实存在的,但老实说,在这种特殊情况下,光靠触碰是远远不够的。

"你是怎么处理那些头发的?"本问,"你把它们卖掉了吗？你如果患过伤寒，就必须剪掉头发，可那样一来，它们就不值钱了。"

在关好门窗、准备过夜前，弗兰克趁机对丽莎说："你想上学，却没能上成，对吗？对此我深表遗憾。你若是需要帮助，或是需要别的东西，不管是什么东西，请跟我说。"他以为她会用那些屡试不爽的套话——比方说，"您真好"，或是"您是个好人，弗兰克·阿尔贝托维奇"——来答复他，但她却说有人比自己更需要帮助。他想，毫无疑问，她说得对，或许我也是那些人中的一员。可他觉得很是不安。

十三

*

塞尔温在里德卡的工作毫无问题，也无可指摘，可自己的第一本诗集印刷在即，这让他非常忐忑。中年诗人与中年父母一样，都异常脆弱。等到《桦树之思》经过了印刷、锁线、装订、压槽等工序的加工，最终在卢比扬卡的那些上等书店里销售的时候，他还是会感到焦虑，可至少那种焦虑是不同的。与此同时，他开始谈论诗集的德语版——那意味着他们得再借一套铅字——和俄语版。正是这两个项目促使弗兰克有了再聘请一位会计的想法。里德卡的利润刚好能让他们负担得起一份额外的薪水。他必须在不伤害塞尔温感情的情况下做这件事，可塞尔温并非自负之人。

"听我说，别尔诺夫将会成为我们的成本会计，我们之前从没有过这个职位。管理方面的事用不着他来操心，不过我们也得听一听他的建议。"

"嗯……嗯……你是从哪里找来他的，弗兰克？"

"他是从瑟京那边过来的,从一家非常大的公司来到了一家特别小的公司,不过我敢说这会给他更多机会。"

"从瑟京那边过来的!他会发现这边和那边非常不一样。他什么时候来厂里?"

"我已经安排他三月二十七号来上班了,按俄历时间。"

"太好了,太好了……可是,弗兰克,那天是圣·莫杰斯特日。到时候得对着办公室的圣像画做祷告。"

"下午才开始祷告,他们都同意正常工作到四点。那天也不是教会的休息日。我们会有一整天的时间来让别尔诺夫知道我们是怎么干活儿的。"

弗兰克知道,在他面试机敏、雄心勃勃、精神饱满的别尔诺夫的时候,塞尔温本应也在场;塞尔温只问了他一个问题,便让他感到一阵羞愧:"依你看,托尔斯泰的教诲对这个年轻人有丝毫影响吗?"他只好说自己不知道,但他觉得很可能并无影响。

"那你不觉得这家伙很喜欢和人争论吧?"

"我和他见面的时候,他没跟我争论。"

若时间就是空间,在一块截然不同的大陆中,这一切在内莉走之前便已安排妥当。每天他都会给她寄一封信,信里包括一张空白回条,共计八戈比。他在信中提到,如今，有个女孩，一个俄国女孩，在照顾孩子们。当然，他不知道内莉的住址，只知道查理的，在他的想象中，那些信正堆放在查理家的门厅里，沐浴在从前门上方那扇彩色玻璃窗射进来的五颜六色的阳光之中。多莉和本也写过一封信，安努什卡还在信上歪歪扭扭地写下了一个俄语字母A。弗兰克不知道多莉写了些什么，并且觉得试图揭开谜底也不是什么光彩的事。她曾问他"不负责"这个词该怎么写。可这封信同样也会搁置在门厅里，放在查理的黄铜盘子中。

"你没了妻子，还雇了一个新职员。"库里亚金在电话那头大喊大叫道，"你怎么会缺员工呢？"他一直不习惯库里亚金这种打电话的方式。

"要是我把所有人都解雇，你同样会觉得很可疑。"弗兰克说。

"我之所以这么说，只不过是因为我了解印刷这一行。大公司都在扩张，像你这样的外国小公司，只能自己多加小心。"

"你一点儿都不懂印刷，阿尔卡季·菲利波维奇。你对印刷的了解就像印刷术还没被发明似的。"

"我要见你。我们到时候在美人鱼谈一谈这些事。"

"如果你想谈，我们就谈一谈。"弗兰克说，"不过美人鱼那里太吵了,没办法谈。"

大斋节持续四十九天,在此期间,娱乐活动少了很多,莫斯科的一些餐馆也关了门,不过美人鱼还在营业,它是一家附属于商人俱乐部的茶馆。"还是去美人鱼吧。"库里亚金又说了一遍,"我们只用聊这一次,就能把我俩的那些事全部谈妥。"

弗兰克觉得凡事都该讲究实用,也偏爱安静的生活,他总是尽量避开这个与他的想法和偏好相矛盾的地方。这里本该专门供人喝茶,墙上——从烟雾缭绕的天花板一直到地面——画满了壁画,用红金色与银金色的颜料画着各式人物,他们有的在跳舞,有的在拥抱,有的在大口喝茶;与这些人物重叠在一起的有项圈上系着金铃铛的马,武士,头顶茅草小屋、昂首阔步的鸡,傻笑的孩子,戴王冠的青蛙,垂死的天鹅,兴高采烈的鹳,以及绽放出满意笑容的裸女,日落时分的云彩发出微光,为她们蒙上了一层薄薄的面纱。大体而言,在美人鱼服务客人并不是件难事,这里只供应茶、蛋糕、伏特加、"里斯托夫卡""斯列万卡""维耶什纽夫卡"以及"别廖佐维察"[1],即用醋栗叶、李子、樱桃和桦树汁酿制的利口酒。每只巨大的银

---

[1] 原文皆为英文通过俄文发音拼写出的"单词"。

茶壶都像是放在移动支架上的定音鼓，它们一而再、再而三地穿过茶桌间的走道，房间里的人越来越多，走道变得越来越窄，只能靠服务员施展高超的技艺来避免茶壶之间，或是茶壶与装着烈酒的推车之间发生碰撞，可他们似乎不是因为技艺，而是因为气力受到了雇用；此外，雇他们是为了应对顾客们的威胁与警告，这些顾客总是大吼大叫，要求再点些酒水饮料，或者看起来像是在怂恿服务员端着茶壶赛跑，仿佛在举办一项体育赛事。顾客们唯有或张或闭的嘴会给人留下印象，一切声音与知觉都淹没在了美人鱼茶馆巨大的加莫尼风琴的琴声里，这台金色的巨型管风琴配有许多长长的风琴管，占据了这家让人着魔的茶馆的一整面墙。演奏者是一个身着礼服的德国人，或是一群身着礼服、彼此非常相似的德国人。商人们在家中更喜欢老式俄国歌曲，可在这里，在美人鱼茶馆，他们不听那些歌曲，这里的消费很高，人们互相观察；在这里，格里格[1]与奥芬巴赫[2]版的《美丽的海伦》[3]正先后被演奏，演奏

---

[1] 爱德华·哈盖鲁普·格里格（Edvard Hagerup Grieg, 1843—1907），挪威作曲家，浪漫主义音乐时期的重要作曲家之一。
[2] 雅克·奥芬巴赫（Jacques Offenbach, 1819—1880），出生于德国的法国作曲家，法国轻歌剧的奠基人和杰出的代表。
[3]《美丽的海伦》（*Belle Hélène*，全称为 *La belle Hélène*），是一部由雅克·奥芬巴赫作曲的三幕轻歌剧。其改编自古希腊和罗马神话中海伦与帕里斯私奔的故事。

的音调之高，堪比正在全力生产的造船厂发出的声音。即使在这样的场合，只要库里亚金愿意，他也能让别人听见自己的声音。

"我来这里是因为你叫我来的。"弗兰克一边说，一边把一把巨大的镀金椅子拉过来，"可我没忘记这是个什么样的地方。"

他很清楚，库里亚金邀请他去美人鱼茶馆，部分原因是想跟他开个玩笑；库里亚金将会任由这个玩笑开下去，看它到底会导致怎样的结果。与此同时，库里亚金也是真心打算请弗兰克开开眼，他相信，弗兰克平日里总是忙于自己的生意，从未见过像加莫尼风琴这么了不得的东西。可库里亚金还是不放心，要知道，他和弗兰克的生意做得并不顺利，即使他为那台猛犸印刷机争取了一份报价，可若不能买下里德的厂区以及厂区里的建筑和树木，他会感觉怅然若失。最重要的是，他怀疑美人鱼茶馆（虽然茶馆内的很多装饰品都是用真正的金箔做的）终究没能给弗兰克留下深刻的印象；正因如此，他很同情弗兰克，可同情之中也夹杂着嫉妒。

塞尔温？天哪，他在美人鱼茶馆干什么？这地方只允许商人及其客人出入，可他却出现在了这里，朝他们那张桌子走过来，他似乎有些犹豫，不过没有人阻拦他。"我想跟弗兰克·阿尔贝托维奇说句话。我去他家问过了,他们告诉我,他在这里有个约会。"

"坐吧,坐吧,塞尔温·奥西佩奇。"库里亚金嚷道,"坐吧,我亲爱的朋友。"他见塞尔温微微一笑,暧昧地看了看他周围,却没坐下来,便说道:"你不想和我坐在一起!"塞尔温的模样和以往一样古怪,在库里亚金的心目中,他有可能一点儿分量也没有,没有钱,也没什么社会地位,可库里亚金还是热情得浑身发起抖来。"你不想和我坐在一起,看到有人在美人鱼花钱,你感到很难过。你想告诉我,今年冬天,村里的农民把屋顶上的茅草取了下来喂给他们的牛吃,毫无疑问,那都是真的。可在俄国,谁过得很开心呢?"

"不,不,您错怪我了。"塞尔温和善地说道,"我并不是在批评您的所作所为。我怎么会批评一种我毫不了解的生活方式呢?而且您一定很快乐。"

"说得对,说得对。我死后,上帝会对我说:'嘿,阿尔卡季·菲利波维奇,我给了你生命,让你活在人间,更重要的是,让你活在俄国。你喜欢这样的人生吗?如果不喜欢,那你为什么这样浪费时间呢?'"

"你想对我说什么,塞尔温?"弗兰克尽量小声地问道,"就不能再等等吗?看在上帝的分上,不管怎么说,要是你打算在这里待一会儿,那你还是坐下吧。"

可是,塞尔温看了看周围,只见墙面是金色和古铜色的,风琴台简直让人提心吊胆,服务员来来往往,真叫人捏一把汗,顾客们撑肠拄腹,汗如雨下,川流不息——这时候,一位侍者给他们拿来了中式热毛巾,方便他们擦一擦湿透了的额头。目睹了这一切后,他轻轻摇了摇头。这一举动立即对库里亚金产生了效果。他把一只手搭在塞尔温的胳膊上,开始恳求起他来,几乎是在哄他。

"来一杯好喝的……来一壶俄式茶,一小壶俄式茶,一小壶亲爱的俄式茶……我能点这里的任何东西,这里有醋栗蛋糕,还有苏格兰的那种邓迪蛋糕[1]……"他缓慢而笨拙地从座位上站了起来,把塞尔温抱在怀里,拼命踮起脚,也只吻到塞尔温的下巴,就在那时候,一只原本会笔直地经过他们那张桌子的茶壶突然一个转向,险些撞上了他。

塞尔温挣脱了束缚,向弗兰克点点头,然后走出了美人鱼茶馆。库里亚金随即冷静了下来。

---

[1] 又译作敦提蛋糕。这种水果蛋糕味道浓郁,通常用醋栗、无子葡萄干和杏仁制作,有时也可能会加入果皮。其起源于19世纪的苏格兰,得名则与苏格兰城市邓迪有关。

"你说起话来,就像是《圣经》里面耶稣来时的一个财主[1]。"弗兰克说,"我知道你日子过得不赖,但你还不至于有钱到可以这么乱来的地步。"

"塞尔温·奥西佩奇就像是在责备我一样。他不是故意的,这我很确定,可是,没错,他的行为本身就是对我的一种责备。现在,我不想对你隐瞒什么了。"这时候,管风琴的声音变成了原来的两倍,甚至连库里亚金都不得不抬高嗓门说话,"我什么也不会隐瞒!"

那几分钟的时间并不是什么决定性时刻,可塞尔温的无心之举居然让库里亚金有了悔悟之心,并且信任起弗兰克来——他到底是怎么做到的?要是塞尔温自己也做生意,这样的天赋将会给他的生意带来不可估量的价值。

"我邀请你来这里,"依然流着泪的库里亚金说道,"虽然是为了谈正事,但我却不怀好意。我说我弄不到出口猛犸印刷机的许可证,其实是骗你的。我觉得拖着这件事不做,就有可能获得更多的利润。"

"你当然是骗人的。"弗兰克答道,"我来这里主要是为了告诉你,我自己已经设法和内务部以及交通部谈妥,

---

[1] 此处"财主"指撒该,《圣经》里记录了他接待耶稣的故事。(编者注)

拿到了许可证。你若是能做这件事,我当然会很高兴,可我不能再等了。我必须把厂区清理干净,然后把它租出去或卖掉。"

听到他说"租出去或卖掉",库里亚金一时间似乎清醒了过来,可接下来,他的眼里再一次噙满了泪水,并宣称这些细节不再和他有任何关系。

"就因为塞尔温·奥西佩奇进来后不愿意坐到我们这张桌子旁?"

"啊,你不知道我小时候长什么样吧,弗兰克·阿尔贝托维奇。一个人只要想到自己的小时候,哪怕铁石心肠,他的灵魂也会受到触动。我还留着我小时候的照片,很可惜,照片都泛黄了,可从那些照片里,我能看到坐在山羊小车里的我当时是什么模样。"

弗兰克想到他们之间还有不少尚未处理完的生意,便问道:"虽然你的想法变了,可你觉得这种状况会持续多久呢?"

"谁知道呢?"库里亚金推开了桌上的那些瓶子。

弗兰克走下楼,取回大衣,逃离了酷热与喧嚣,也逃离了正在忏悔的商人,这一幕着实荒谬。他走到基督救世主大教堂门口的时候,有个穷困潦倒的人从南墙下某个门廊的阴影中走了出来,向他走了过去。在那些大教堂附近，警察从来不驱赶乞丐，其他人也不要求他们那么做。弗兰克停下脚步，掏出他留着的二十五戈比硬币，这些钱他一直备着。怎料那人居然是穿着破旧的羊皮衣裳的塞尔温。

"我一直在等你，弗兰克。当着库里亚金的面，我没办法跟你说话。"

"既然是这样，那你为什么还会出现在美人鱼茶馆呢？我实在是想不明白。"

"我本来希望你能跟着我出来。"

"这个嘛，我当时正在那里谈正事。出什么事了？"

两人呼出的空气升腾起来，汇聚到一起，变成水蒸气后，又汇入被灯光照亮的极寒空气中。塞尔温比弗兰克的气息弱一些。

"弗兰克，印刷厂关门后，我回了厂里一趟。今晚你得提前下班赴约，所以钥匙在我手上，这你也知道。我回厂里是因为白天的时候我没机会看一看他们到底到哪一步了……"

"你说的是你那本诗集吧。"他当然可以问特维奥尔多夫他的诗集怎么样了，可弗兰克很清楚，塞尔温对特维奥尔多夫很是敬畏。

"对，对，我说的正是《桦树之思》。"塞尔温一如既往地用一种特殊且更为悲伤的语气念出了诗集的名字,要是在英格兰,这样的书名可能会留给宗教类的书籍。

"挺好的。"弗兰克说,"你明天去的时候就能见到首印的那批书了。我让他们留了七十五本在排字间,和送到别处去的区分开来。你如果去过厂里,本可以今晚就把那些书拿走。我不明白你为什么没这么做。"

"啊,我想跟你说的正是这件事。楼里当时有亮光。"

"你走的时候,难道没确认所有的灯都关了?"

"我来说得更清楚点儿。弗兰克,只有一处亮光,楼里只有那一处光。我觉得是蜡烛发出的光,从一扇窗移动到另一扇。"

"好吧,到底是谁在那儿?"

"这我恐怕没法告诉你,我没进去看。"

"你的意思是,不管那人是谁,你就放任不管了?"

"我不知道是谁拿着蜡烛,弗兰克。有可能是个喜欢暴力的人。我可是个热爱和平、热爱诗歌的人。"

塞尔温似乎在嘀咕什么,也许是在做祷告。"弗兰克,每个生在这个世界上的人,都会在某个时刻写诗。也许你只是还没到写诗的时候。"

"听着,塞尔温。你能听懂我说的话吧?"

"嗯,当然。"

"首先,把钥匙给我。"

"厂里的钥匙?"

"厂里的钥匙。"

塞尔温有些犹豫,仿佛突然陷入了怀疑或有了新的灵感,然后他把钥匙交了出来。

"听好,要么去利普卡街二十二号,要么给他们打电话,告诉他们我晚些回家,比我跟他们说的时间更晚。听明白了吧?你确定你不会忘记告诉他们吧?"

"嗯,嗯。我会跟丽莎·伊万诺娃说的。"

"把我刚才说的那些话告诉她。"

在莫斯科,这个季节是一年中最不适合赶路的时节。雪橇从街上消失了,冰还太厚,出租汽车也没办法上路,只能坐出租马车。那天是某位圣徒纪念日的前夜,所有的车费都翻了一番。弗兰克会在厂里发现什么呢?他自己并不清楚。在马车上,他拿出那些面值二十五戈比的硬币中的一枚,抛了起来,想看看到底是沙皇还是老鹰那一面。若是老鹰,他就去警察局,请个探长跟他走一趟。若是沙皇,他就自己去厂里。结果他自己去了厂里。

十四

*

在里德卡，排字间的窗户里依然透着一丝微光。弗兰克顺利穿过一排排推车——到了明天，送货的伙计就会推走它们——试图走正门。门没锁。他上了楼，无所谓自己的脚步声是轻还是重。

一位依然穿着大衣的年轻男子正背对着门坐在某位排字员的凳子上，他身前有一支亮着的蜡烛。他也许都快睡着了，却突然坐直身子，转身面向弗兰克，只见他面色苍白，脸上写着责备，一副学生模样。金色的睫毛让他看起来很困惑，如同刚刚降临在这世上，可电灯亮起的时候，他并没有因头昏眼花而忘了吹灭蜡烛。或许他一直都得节俭度日。

"你找到我了。"

"我没在找你。"弗兰克说，"你是哪位？"

那位年轻男子从大衣口袋中掏出一把大约六英寸长的自动手枪，也许那把枪和本的那把一样，是把玩具枪，又或许是一把真的韦伯利。近来，很多学生有这种枪。学校规定学生们穿那种纽扣扣得很高的短上衣，衣服里面没地方藏枪，他们只好把枪放在外套右边的口袋里。他站了起来，开了两枪。第一枪离弗兰克很远，射进了对面那堵墙里，打掉了墙上的大量灰泥。第二枪离弗兰克更远，开枪的位置却离他更近，这一次，子弹击中了特维奥尔多夫的排字架上那个木头做的大写字母铅字盘，把它击成了碎片，那些小小的大写字母铅字如同一道金属瀑布，倾泻到了地板上，接着，子弹又弹到了特维奥尔多夫先前挂在那里的白色围裙上，从围裙的正中间穿了过去，藏到了排字架之后。

"你看！你看，我没打算射中你。"

"我可不知道你到底有没有打算射中我！"弗兰克说。他向前走去，用前臂架住年轻男子的下巴，抵住他的喉咙，推了他一把。他还是个孩子的时候，就在莫斯科第八学校（现代与技术学校）学会了这招。接着，他夺过男子手中的枪，关上保险，看了看它。

"你得把这些部件好好清理一下。"他说，"不然的话，扳机弹簧一旦断裂，它就会一直开火，直到子弹打光为止。"

那学生猛地弯下腰，咳了起来。弗兰克去角落的水槽那里拧开水龙头接了一杯水，递给了他。

"这水没问题吧?"

"我的员工喝的就是这水。"

"感觉好些了。我叫沃洛佳·瓦西里奇。我不想告诉你我姓什么。"

"我也没问。"

"这里是你的地盘,弗兰克·阿尔贝托维奇。你想知道我在这里干什么吧。"

"我相信你到时候会告诉我。我想,你是学生吧?"

"嗯。"

"学的什么?"

"学的政治史。"弗兰克很纳闷自己为什么会费心去问这个问题。他说:"主要是,明早我的首席排字员来了,我得向他解释这里为什么会变得一团糟,为什么有些东西被弄坏了。"

一点也不觉得尴尬的沃洛佳四肢着地,捡起那些铅字来。

"不,别管它们。"弗兰克说,"它们得放到正确的位置,要不还不如不放。我真正想知道的,是你是怎么进到这里来的。"

"门没锁。"

"你不觉得奇怪吗?"

"没什么能让我觉得奇怪。"

楼下有人喊道:"先生,有人听到您这里传来了枪声。"

说话的是守夜人。若他有可能被枪击,那他绝不会上楼来。总之,他是个明智的家伙。

"一切都很正常,古利阿宁。"

"好的,先生。非常好。"

古利阿宁退下了。"他肯定会把巡警叫来的。"沃洛佳说。

"他肯定不会。他会等着看我早上给他多少钱。"

沃洛佳似乎提前准备了自己要说的话,只听他又说了一遍:"我叫沃洛佳·瓦西里奇。"

"你已经告诉过我了。"

"我向你开枪,只是为了表明我是认真的。听我跟你解释。你做的是印刷生意,弗兰克·阿尔贝托维奇。"

"我不否认这一点。你想印点什么吗?"

"我习惯用手摇印刷机,不过我现在一台能用的也没有。我想,要是我能在这里找到一台手摇印刷机,我就可以印出我需要的东西,只有两三页纸,几个小时就能搞定。可你这里没有百叶窗,我又不能摸着黑工作,这意味着我没办法隐藏起来。"

"我看得出来,这对你来说是件麻烦事。但你可以来找我们下个订单,你也知道,正常下单就行。不过,我必须警告你,我们不碰任何跟政治有关的东西。"

"我写的东西跟政治无关。"

"写的是什么内容?"

"写的是普遍的同情。"

沃洛佳的表情很紧张,仿佛他说这番话是为了赢得一个重要奖项,而且几乎不能相信自己得不到那个奖。

"既然这样,那你可以让我们给你报个价。"弗兰克说,"我的意思是,单独为这两页纸报个价。这样做可以省去大量的时间,避免大量的损失,而且我想你不会觉得我们的报价不够公道。"

"价钱……我对那方面一无所知。"沃洛佳小声说道。他顿了顿,思考了一番后说道:"我想印的东西也许会让人觉得跟政治有关,确实有这种可能。"

"我猜那得取决于谁被普遍同情。"弗兰克说,"你身上带着副本吗?"

沃洛佳犹豫了。"不,我已经记下来了。"接着,他用双臂夸张地做了个手势,仿佛在给母鸡撒食物,然后大喊道:"可这跟你有什么关系吗?你是个外国人,要是情况不妙,你顶多会被驱逐出莫斯科,回到自己的国家,那便是你最糟糕的下场。一个俄国人没办法生活在俄国以外的地方，但这对你来说没有任何问题。"

很久以前，弗兰克便习惯了别人——通常都是些素不相识的人——来找他寻求帮助。那些人深信，作为一名有着良好信誉的商人，他可以在国际护照或某些许可证的办理上给予他们帮助，或者希望他能推迟他们服兵役的时间，或是威胁他们在学院里的负责人给他们更好的成绩，抑或为他们某个名誉扫地的亲戚发声，在写给帝国法庭的请愿书上签名。有时候，他们希望借一小笔钱来渡过难关，或是借一大笔钱来接受成为医生或工程师所需的培训。他因办事竭尽所能而闻名，否则也不会一直有人找他，可所有接受过他帮助的人都会时不时地提醒他，他只是个外国人，哪怕情况不妙，他也不会有任何损失。

"你凭什么觉得，就算我不得不离开俄国，我也会无所谓呢？"他说，"我出生在这里。我这辈子大部分时间都生活在这里，我爱每个季节的莫斯科，甚至包括冰雪刚开始融化的现在；我是个已婚男人，有三个孩子了。"

"是啊，可你的妻子离开了你。"

沃洛佳话说得很自信，可他似乎意识到，他并没有给弗兰克留下他想留下的那种印象。

"你住在哪里？"弗兰克问他。

"离这里很远。在罗戈日斯卡亚。"

"回那里去吧。"

"可我的东西……"

"枪就不还给你了。蜡烛还你,这蜡烛是你带来的吧。别再来这里了。"

弗兰克最后一次看了看这个房间,这时他注意到了那七十五本《桦树之思》,它们依然整整齐齐地堆在那里,没有被特维奥尔多夫的排字架弄乱。

"把这拿着,就当是个纪念品。"他一边说,一边把最上面那本递给了沃洛佳。

沃洛佳把诗集放到了如今空荡荡的口袋里,迈着大步下了楼。弗兰克关了灯,锁好了门。没办法修好特维奥尔多夫的大写字母铅字盘,也没办法补好子弹留在他围裙上的窟窿。同样没办法估计特维奥尔多夫明天上班后看到又脏又乱的屋子会作何反应。那是明天早上的问题,很有可能还会遇到其他问题。俄国人常说,门一打开,麻烦便来。

回家的路上,他下坡走到了铁桥——莫斯科河大桥[1]上,桥上依然有行人在看冰。他将那把小手枪丢进了河里,问心无愧地走回了家。

---

[1] 原文为"Moskvoryetszkevya",疑为笔误。(编者注)

客厅里，多莉和本貌似还在做家庭作业。桌上放着多莉的褐色练习簿以及本的粉色练习簿，上方挂着一个二十五瓦的灯泡，这是在莫斯科能买到的瓦数最高的灯泡。多莉正在临摹一张地图，这让她有点儿犯困。她那镀镍的笔尖使劲在纸上划来划去。灯光的光圈之外，丽莎正在缝东西。弗兰克本以为客厅的灯还不够亮，这些缝缝补补的活计可能已经被家里的另外某个人做完了。厨房的过道旁有一个小房间，里面配了一台胜家牌缝纫机。也许丽莎想告诉大家，自己不算是彻头彻尾的家庭教师，也不算是彻头彻尾的仆人。也许她什么想法也没有；弗兰克不在，他们一起度过了一个平静的夜晚。

"你回来晚了。"多莉说。

"塞尔温·奥西佩奇没跟你们打电话？"

"打了。"多莉不情愿地说道，"不过是丽莎接的，而且她没告诉我们你还要多久才会回来。"

"他也没告诉我，多莉。"

"好吧，反正我们一直在等。"多莉说，"本非常不安分。"

"我来告诉你我为什么回来得这么晚，没什么好担心的。印刷厂里有个人，那个人本不应该出现在那里，却在那里闲荡。我想知道到底是怎么回事。不用担心，那人不是贼。"

多莉似乎略感失望。

"如果不是贼,那是干什么的?"

"他是个学生,我觉得。"

"难道你不知道?"多莉问道,"你以前可不会这样。"

"他说他是个学生。"

"他想要什么?"

"我不太清楚。"

"他叫什么名字?"

"沃洛佳·什么什么的。"

"他去哪里了?"

"据我所知,回家去了。"

"他还会再来吗?"丽莎问。两人目光相遇,弗兰克发现她的眼神很清澈,很茫然。哪怕只能引起她这么大的兴趣,他也感到很高兴。

"我觉得不太可能。恐怕他一定对这次短途旅行相当失望,我想他今后应该不会跟印刷厂有任何瓜葛了。"

"反正我不明白,他为什么非得那么晚才去。"本说,"你很生他的气吗?"

"一点儿也不。我还给了他一份礼物。"

"你觉得他手上有枪吗?"

"现在没有了。"

十五

*

在弗兰克还是个小孩、他们家还住在厂区里的时候，最先昭示春天到来的是某个抗议的声音，那声音由水发出，出现在从家里通往厂房的木头小径下的冻冰融化之际。那里的冰不会受到家中的火炉或装配车间的熔炉的影响，水只能靠自己的力量挣脱束缚，可一旦流淌起来，它便化作潺潺的溪流，一整年的天平也由此开始倾斜。他的心常常因为听到那水声而怦怦直跳。自行车从棚屋里推了出来，他从一个不再冻得硬邦邦的罐子里取出油，给车上油。几周后，杏树便会开花，整座城市也会热闹起来。

非法闯入事件的翌日，他允许自己期待春天的到来，其实他早就这么做了。他知道，迎接他的将是尴尬的一天，不过他总觉得自己很享受困境，这种想法大概一直持续到上周。也许他到现在还这么想。似乎还无法确定那位新来的成本会计到底会迎来怎样的一天。开始考虑那个问题之前，他得先想一想特维奥尔多夫，为了他，弗兰克穿过到处积雪的街道，早早便来到了厂里。

他在印刷厂外发现了两名十四岁的学徒，他们在上班前没其他地方可去。排水沟里的一块船形木头引起了两人的争论，争论的问题是，等到沟里的水解冻之后，那块木头会被冲往哪个方向。

"听着，"弗兰克说，"我打算派你俩给首席排字员送封信。"

许多理发店早上五点便开了门，他在其中一家刮脸的时候，就已经想好了自己该怎么办。"看看这封信，把信封上的地址读给我听。"

个头稍小的那个男孩大声读道："首席排字员，I. N. 特维奥尔多夫，卡卢佳巷五十四号。"

"你们知道那个地方在哪儿吗？"

"嗯，先生。"

"你俩一起去，正好彼此有个照应，记得敲门，如果首席排字员有回信，就带给我，半小时之内得回来。"

他在信中告诉特维奥尔多夫，印刷厂在夜里遭人非法闯入，工作必须暂停，因此他不必来厂里报到，等第二天一切恢复正常以后再来。缺勤的那天工资照付。总的来说，弗兰克觉得自己这封信写得不够真实——很明显，塞尔温忘了锁门，所以没有所谓的"非法闯入"事件——

还有些畏畏缩缩，毕竟它只会让那个尴尬的时刻晚一些到来。另一方面，毫无预兆地让特维奥尔多夫直面他坏掉的围裙和大写字母铅字盒着实没有人情味；同时，弗兰克也没有忘记这一天是印刷业的守护圣人圣·莫杰斯特的节日，他有责任保证里德卡的圣像祈祷活动顺利进行，最好不会受到任何干扰。他还得想一想该拿守夜人古利阿宁怎么办，守夜人听见了枪声，必须说服他，他没听见。考虑到这一点，弗兰克带上了一大笔现钞。

然而守夜人可不是一下子便能找到的。他住在马克尔酒吧楼上，与印刷厂只隔了几栋房子，他白天都在睡觉，据说现在还在睡觉。回到里德卡时，送货的伙计们已经到了，弗兰克把厂里的门打开的时候，那两名学徒也到了。

"我们把您的信交给了首席排字员。开门的是他妻子，不过她把他叫了出来，我们便把信交到了他手中。"

弗兰克知道特维奥尔多夫有个妻子，因为她出席了他在自己的命名日[1]那天为全体员工和他们的家属准备的晚宴。他说不出她到底长什么样，她也很有可能认不出他来。特维奥尔多夫没让学徒们给他捎来回信。

塞尔温让二号和三号排字员一起进来，他们还在楼下

---

[1] 和本人同姓的圣徒的纪念日。主要在一些天主教、东正教国家庆祝。

挂大衣的时候，便传来消息说警察们到厂里来了。因为这件事，弗兰克责备了自己。如果他坚持早些见到守夜人，给他一百卢布——这个数额介于茶钱与贿赂之间——兴许古利阿宁就会觉得没必要把他了解到的情况报告给警方，而他显然已经这么做了。他从警方拿到的钱要少得多，不过他很可能想马上拿到现钱。或许他陷入了一张牢不可破的网中，这张网靠小额贷款、债务、偿还、丧失抵押品赎回权[1]将这座城市的每个地区联系起来，牢牢控制住，如同有轨电车的路线那般稳定。

弗兰克说他会在自己的办公室见警察。只来了一位探长以及一位勤务员，他们穿了制服，这让弗兰克松了口气。那意味着守夜人没看见沃洛佳离开这栋楼，否则，他就会通过沃洛佳的帽子辨认出他是个学生，若是学生犯了事，那就会惊动便衣警察，也就是秘密警察。茶点端到了办公室，探长解开了夹克纽扣，不过勤务员没有。只问了几个问题，算是一次简短的讯问，一次虽然简短、但代价高昂的讯问。里德先生为何会在前一天晚上那么晚的时候回厂里？有一道光从窗口透了出来，谁跟他通报的这件事？

---

[1] 借款人因还款违约而失去赎回抵押品的权利。

"是我的会计,塞尔温·奥西佩奇·克兰。"

探长微微一笑:"嗯,我们认识塞尔温·奥西佩奇。"弗兰克想,全莫斯科,但凡听到塞尔温的名字,人们不是笑就是哭。客观来说,这可是个了不起的成就。这时候,塞尔温本人从门外走进了办公室,他看起来很苦闷,很憔悴。"弗兰克,接连发生了几件怪事。啊,早上好,长官。"

探长看着他,露出了宽容的表情:"先生,如果你昨晚看到这里出现了一道光,你应该立即向我们报告。"他转身面向弗兰克,"你也是,先生,你应该向我们报告。"

"我把这件事跟守夜人说了。"弗兰克说。

"古利阿宁做得非常好,他来找了我们。而且他还听见了枪响声。"

"他确定他听见了?"

探长往自己的茶里放了些果酱,搅拌了起来。"不完全确定。这条街非常吵。你们这里有一个铁匠铺、一个汽修铺,另外,直到半夜,还能听到有轨电车传来的响声。我们应该这么说——他觉得他听到了什么。"

此话一出,弗兰克便有相当把握断定,探长并不打算深究。探长接过一杯用葛缕子[1]籽调过味的伏特加,这酒

---

[1] 草本植物,其果实是一种香料,可用于烹调,也可以入药,味道像小茴香。

存放在办公室,是专为警察准备的。他怎么会在一大早就喝得下这种东西呢?或者说,他怎么喝得下这种东西呢?这让弗兰克难以理解。可这件事依然能反映不同职位间的差别:勤务员很清楚自己的地位,拒绝了递给他的那杯酒。

"那么,先生,你有没有发现有什么东西不见了?"

"没有,什么都没丢。"

"不好意思。"塞尔温急切地插了一句嘴,"刚才进来的时候,我点了一下首批《桦树之思》的数量。只有七十四本。是的,七十四本。有一本被偷了。"

"《桦树之思》是什么?"探长问道。

弗兰克做了一番解释。通常情况下,诗歌是可疑的,并且很有可能再次受到秘密警察的特别关注。但这些诗都是不会伤害任何人的塞尔温·奥西佩奇写的,所以探长只是说道:"呃,先生,桦树在思些什么呢?"

塞尔温认为所有的问题都应该得到回答,便答道,桦树的思考方式与女人相同。"长官,桦树会随着春风而动,就像女人会身随心动。"

弗兰克看得出来,探长和勤务员被惰性与贪婪控制住了,且乐在其中,并没有在听塞尔温说话。他从抽屉里拿出一个信封,他很清楚这么做不会冒太大风险——要知道，整个俄国的行政机构实在过于臃肿，得依靠无数的这类信封的传递，才能维持正常运行，不过也只是刚好能维持正常运行——便将信沿着桌面滑向探长。探长毫不害臊地打开信封，数了数里面装的三百卢布，就把钱装进一个介于皮夹与钱包之间的皮具里，那是他用来存放好处费的。

"塞尔温，领长官们下楼，从后面的通道出去。"弗兰克说，"我敢肯定，他们一定想参观一下厂里剩下那些地方。"

他给了他们五分钟的时间，然后，他去见了他的二号和三号排字员，他们看起来很茫然，像是正在给人送葬般围住了特维奥尔多夫坏掉的排字架，散落在地上的铅字，以及挂在钩子上、被子弹打了一个窟窿、俨然一副受害者模样的白围裙。探长要么错过了这一幕，要么对其视而不见；他只能这么做，这样做也很合他的心意。

"套上防尘罩。"他说道。

只有在星期六晚上以及基督教节日的前夕，他们才会给排字架套上防尘罩。每个排字员都会亲自做这件事。排字架神圣不可侵犯，那两人套起来就好像他们是非法闯入这个房间似的。

弗兰克告诉他们，昨天夜里发生了一件事，一件小事，一起小小的非法闯入事件，他还亲自要求特维奥尔多夫今天不要来。肯定有人非法闯了进来，不过他肯定又设法逃走了。那人不是贼，没有任何东西，更准确地说，是没有任何无法替代的东西——弗兰克纠正了自己的说法——失窃。他们得继续处理现有的订单，首先是缪尔和梅里利斯为复活节准备的产品目录，所有的目录都得手工排版。排字员很喜欢干这种活儿，因为客户是按页付费的，而大多数的目录页都配有插图。弗兰克接管里德卡的时候，曾下定决心，决定由管理层和工人一起做决定，可这种形式的自由讨论后来怎么样了呢？弗兰克质问起自己来。

"警方很满意。"他说，"你们自己也看到了，他们来了，然后又走了。我们只需要把今天耽搁的工作补回来就行了。"

可特维奥尔多夫不在，这让他们很不适应。手工印刷的节奏依然取决于人的节奏，若是领头的那个人缺席，印刷的节奏也会被打乱，人们也总认为领头的那个人会一直上班，将其视作整个印刷流程得以正常运转的既定条件。

十六

*

九点时,新来的成本会计来到厂里正式入职,照之前的安排,这是他上班的头一天。弗兰克曾对塞尔温说过,亚历山大·亚历山德罗维奇·别尔诺夫曾供职于瑟京,那是花园环路[1]之外的一家规模巨大的印刷厂。他胡子刮得很干净,目光敏锐,头脑灵光,早就对自己之前的首席职员一职感到不耐烦,可他的想法——如果那些都是他自己的想法——与大公司很契合,也许很难得到纠正。在他看来,在这个企业,或者说在任何企业,都存在一场不宣之战,战争的双方是雇主以及每一位职级在成本会计之下的雇员。

弗兰克想讨论一下是否有可能给铅字归位工作支付一定的费用,排字员们一直在争取这笔费用,可自古登堡[2]

---

[1] 莫斯科中心城区的一条环形大道,是根据17世纪所建的土城作为雏形修建。
[2] 即约翰内斯·古登堡(Johannes Gutenberg,1398—1468),也译作古腾堡,第一位发明活字印刷术的欧洲人。

时代以来，他们从没得到过这笔钱。别尔诺夫承认，从手工印刷转为机械印刷之前，瑟京的那些人经常拿走铅字，在回家的路上把它们丢到河里，而不是将它们放回原位却一分钱也拿不到。

"可是，弗兰克·阿尔贝托维奇，我希望一开始就把这件事情说清楚——人们不能鼓励过去遗留下来的东西继续存在。如今，手工印刷和托尔斯泰派、学生革命者以及藏在阁楼和地下室里的激进分子联系在了一起。当然，未来是属于铸字排版的。"

"处理小订单的时候，它依然能派上用场；精细的活儿也离不开它。"弗兰克说道。几米之外的特维奥尔多夫的那些遭到毁坏的工作用品，还有他那条被子弹谋杀的围裙一直在他的脑海中挥之不去。可是，别尔诺夫却竭力主张，里德卡应该放弃所有的小额订单，租用更多的仓库，安装莱诺铸排机，来印刷报纸。

"每天都有新的报纸或期刊出现。若是印刷报纸，你会把同样的内容印刷很多次，所以你可以直接对大规模生产的单位成本进行估算。"

"我不想印刷报纸。"弗兰克说，"这家公司得保持一种相当微妙的平衡，若是国际形势恶化，我便可以在短时间内不亏一分钱地把它卖掉。"

"还有一种情况,若您的妻子叶连娜·卡尔洛夫娜不回来,您也可以这么做。"别尔诺夫一边说,一边起劲地点头。很明显,甚至在瑟京,人们也在讨论这件事。塞尔温沉稳且老练地探过身去。

"你对我们的未来怎么看,别尔诺夫?"

"说起来非常简单。很高兴您能问我这个问题。钱给得越多,效率就越高。英国和德国公司有一套针对员工的能力评估体系。我不知道我们这里会不会采用那套体系。不过您可以先做这几件事:提高对醉酒行为的罚款金额;减少工人等待纸张补货时按约得到的工资;最重要的是,没有特殊情况,也没有人道主义补助。这样做才能带来成功。您也给了每个人他们应得的钱。"

"可我们不应该考虑他们到底配拿多少钱,"塞尔温说,"只应该考虑我们这些生意人到底配不配给他们发工钱。"

别尔诺夫的表情丰富得有些过了头,那张脸稍微有些皱。

"当然,我只是这个厂里的成本会计。只有管理人员才能做决定。不过,管理人员到底配不配得上他们获取的那些利益呢?也许我应该说,这个问题与他们的经济效益没有关系。"

"听您这么说，我感到很难过。"塞尔温小声说道，"是的，真的难过。"

弗兰克见别尔诺夫面露困惑，便叫他去马克尔酒吧吃点儿东西。老板亲自端来盖在一个托盘中的小吃拼盘[1]，急切地想知道他的房客——那位守夜人——把哪些不光彩的事情告诉了警方，又隐瞒了哪些。

"他醒了吗？"弗兰克问。

"他说他昨晚当班的时候听到了枪声。"老板说。

"别忘了，这条街非常吵闹。"

一阵狼吞虎咽之后，别尔诺夫立马提了一个新建议。想必他在瑟京工作时没有受到应有的重视，或许他这辈子都是如此。"瞧一瞧政府今年的支出吧！一亿一千万卢布花在了铁路上，八千万卢布花在了教育上。教育意味着生产便宜的印刷品。使用结实的绘画纸，就能在厂里生产、甚至装订这种课本。"弗兰克提醒他，在非常时期，那种纸的供货量很有可能严重不足。别尔诺夫弄到一支银铅笔，用它敲起桌子来。一九一五年，也就是后年，柏林将举办一场国际印刷博览会，是有史以来规模最大的一场。在他看来，这些工业博览若能举办，欧洲就会继续保持和

---

[1] 由涂鱼子酱的小三明治、烟熏香肠等拼成的拼盘，或是由酸味奶油浸的小萝卜等做成的冷盆，通常都与伏特加酒一起上桌。

平。俄国绝不能甘拜下风。莫斯科的那些小型的印刷作坊——像里德卡这种雇用三十到六十个人的企业——必须和瑟京这样的印刷业巨头达成一致,做好联合参展的准备。弗兰克想,到那时候,他一定会烦恼得要死。

四点钟时,两个老头上楼来到了排字间,这两人属于厂里最年长的那一批。他们是核对员,前来核对纸张的装订顺序,并在两个伙计和一桶水的帮助下,看着纸张通过液压机。他们曾用老旧的螺旋压力机做过同样的工作,很有可能再也不会遇到比那更难的事情。如今,他们已然显露出权威的派头来。

他们脱掉了工作时穿的毡拖鞋,换上了皮鞋,穿着皮鞋"嘎吱嘎吱"地走到挂着圣像画的角落,拖出一张桌子,站到了桌前。这时,从储藏室来了一位更年长的老人,他拿来一张白桌布、两支蜡烛以及两个失去光泽的银烛台。他们铺开桌布,整理好褶皱,在胸前画了个十字,鞠了一躬。见弗兰克走出了办公室,他们便请他点亮蜡烛。刮火柴时,他想到了沃洛佳,那人一定随身带着火柴,一想到这个,他便有些不快。

如果他们关掉电灯,烛光会更突出,可里德卡的员工觉得这件事并不重要,厂里为他们装好电灯的时候,他们已经举行过祷告仪式,并为此感到骄傲。然而,蜡烛点燃后，他们默默地走了进来，没有挤作一团，也没有触碰彼此；若是在有轨电车车站或是桥上，他们一定会为了走在前面或看冰而拼命推搡别人，可此刻，他们却站在自己的位置上，仿佛他们的位置事先已经标好。面朝圣像画的时候，他们在胸前画着十字，先是用力点点额头，然后依次点点两肩，最后点点胸口。

男人们站在右侧，沏茶的女工及其助手站在左侧，弗兰克和塞尔温照例站在中间。别尔诺夫找了个借口，没参加这场仪式，带着大量的文书工作回了家。

所有参加仪式的人都转向右侧，眼睛盯着蜡烛；每个十六岁以上的员工每周会自愿交一笔钱，用来购买那些蜡烛，那笔钱同样会用来购买照亮圣像画的灯油。圣像画不算特别旧。它可以作为某种新上色法的一个范例，据说，这种上色法可以对油画进行精准的模拟，所使用的红色与蓝色颜料质量上乘，不会随着时间的推移而发暗，也不会被油灯的烟熏黑，而圣·莫杰斯特头上夺目的光环和他那本精装书上的字母要远比使用了多年的银烛台夺目。烛台来自厂区里的那栋老房子。弗兰克记得，即使在那里，人们都觉得清洗它们会带来坏运气。

看门人把门推开，大家很熟悉的那位步伐沉重、呼吸沉重的教区司铎走了进来，身后还跟着一位执事和一位副执事。他在门口便给予了大家祝福。他们被领到了弗兰克的办公室，在这种情况下，那里暂时变成了法衣室。身披圣带的司铎走了出来，两位执事则穿着白色的罩衣。从食堂茶壶下拿来的一块烧红的木炭点燃了香炉。还在闷烧着的黎巴嫩雪松的芬芳弥漫在房间的每个角落，而房间里的男人、女人以及孩子们则一动不动地站着。

弗兰克知道，他们当中有些人是不可知论者[1]。仓库管理员曾告诉弗兰克，在他看来，灵魂与肉体就像工厂上空的蒸汽，谁也离不开谁。可他也一动不动地站着。司铎主动提出为受到上帝保护的沙皇及其家人祈祷，为帝国的军队祈祷，保佑他们将俄国的每一个敌人踩在脚下，为莫斯科这座城市、为整个国家祈祷，为那些出海的人祈祷，为旅客祈祷，为病人祈祷，为受苦的人祈祷，为囚犯祈祷，为印刷厂的创办者以及工人祈祷，为善行、生命、和平、健康、拯救、神灵显现、罪行的宽恕与豁免祈祷。

弗兰克想，我没有这方面的信仰并不意味着这些东西不是真的。他努力要求自己遵守秩序。托马斯·赫胥黎[2]

---

[1] 不可知论者认为，形而上学的一些问题，例如是否有来世、鬼神、天主是否存在等，是不为人知或者根本无法知道的想法或理论。提出不可知论的即下文出现的托马斯·赫胥黎。

[2] 托马斯·赫胥黎（Thomas Huxley，1825—1895），英国生物学家。作为科普工作的倡导者，他创造了"不可知论"的概念来形容他对宗教信仰的态度。著名作家阿道司·赫胥黎（Aldous Huxley）是其孙。

曾写道，若是有一些证据可以证明宗教的真实性，人类便会紧紧抓住那些证据不放，就好像是溺水的人紧紧抓住鸡笼不放一样。可是，只要人们不会为了某种好处而假装信仰某种他们实际不相信的东西——只要人类不这么做，他们就不会沉入最深的地方。可以说，他自己现在就在假装，当他怀着给内莉做伴的念头去圣公会教堂的时候就更是如此。多莉曾告诉他，她的老师说上帝不存在，那时候的他为何会感到担心呢？他并不知道。这种担心表明，他还不够理性。如果不是这么回事，那也有可能表明，他开始认为宗教是一种适合女性和孩子的东西，这种东西将沉入比赫胥黎设想的还要深的地方。弗兰克想，虽然我没有任何信仰，但我有信念。

司铎正在发表简短的演说："你们是工人，你们不仅要一起工作，还要彼此相爱，相互同情。为什么这样呢？你会说，你并没有选择在这个人或是那个人身旁工作，我头一次到那里的时候，他正好在那里，只是碰巧而已。如果你有这种想法，那么请你记住，并不存在偶然的相遇。我们从不会无缘无故地遇见。要么是这个男人或那个女人被派到了我们身边，要么是我们被派到了他们身边。"

最后的祷告开始了。正说到"守护这个地方，这栋房子，这些住在这里的人的灵魂"的时候，门再次打开，特维奥尔多夫走了进来。每个人都扭头看向他,然后又把头扭回去。他在胸前画了个十字,背对着自己的排字架,沉默地站在那里。

司铎拿出一个镀银的双十字架[1],位置靠下的横臂由左上向右下倾斜,代表了善贼和恶贼的不同命运[2]。人们列队上前亲吻十字架,先是男人们,然后是那两个女人。沏茶的女工和她的助手还吻了司铎的手。她们或许是人群中最虔诚的两位,却心绪不宁地匆匆离开。主持圣像画祈祷活动的司铎由她们全权负责招待;她们在楼上的时候,玻璃杯的摆放顺序可能已被莫名其妙地弄乱,本应留到晚些时候的小蛋糕和馅饼也可能已被提前摆出来。特维奥尔多夫也亲吻了十字架,但没吻司铎的手。

"继续。"弗兰克对塞尔温说,"我等会儿再下来。"

塞尔温点点头,陪司铎、执事和副执事走向楼梯,朝茶点间走去。他们本以为自己会像往常一样在办公室受到招待,可眼下,没办法向他们解释为什么安排上有这些令他们不快的变化。除特维奥尔多夫外,其他人也跟着下了

---

[1] 有两条横杠的十字架,两条横杠的长度和摆放位置有多种变化。
[2] 俄罗斯十字架在基督脚上有另一根斜杆,它代表的是与基督一起钉在十字架上的两个盗贼。东正教传统即以这斜杆指事,耶稣右手边接受耶稣的罪人升上高天,而左手边拒绝耶稣的罪人下入地狱。因此十字架才会"由左上向右下倾斜"。

楼；一大群人刚离开，整个房间便笼罩在一种奇怪的寂静之中，仿佛它正在伸懒腰。弗兰克面前站着他的首席排字员。

特维奥尔多夫没有立刻跟他说话。他摘下套在排字架上的防尘罩，仿佛正准备开始一天的工作；看着眼前的烂摊子，他露出了苦痛而非困惑的表情。他从坏掉的大写字母铅字盒中拿起一两个铅字，出于习惯，将它们放到了正确的位置。接着，他取下自己的白围裙，看了看子弹留下的窟窿，用手指穿过那窟窿，又把围裙整齐地叠好。

"你叫我别来。但我从没缺席过祈祷仪式。"

"你从没有缺席过任何事情。"弗兰克说，"自从我父亲办了这个厂，你就是这样，而且所有的工作都是手工排版的。"

他几乎没办法把他没告诉警察的那些事告诉特维奥尔多夫。若是他知道特维奥尔多夫如何看待学生以及学生运动，他也许会冒险告诉他，可他并不知道。

"我有必要向你解释一下，"他终于开口了，"你的排字架为什么会变成这样。是昨晚发生的事。"

"这不是我的排字架。"特维奥尔多夫说道，"排字架归厂里所有。那些工具是我的，海绵是我的，围裙也是我的。"

"遭到破坏的东西都会被换掉。"

"没这个必要。我对发生了什么事不感兴趣。我再也不会在这个房间里工作。你得找个人来继续指导我的学徒,还得找个人在周六晚上给钟上发条,在周一早上擦玻璃。明天我会去楼下工作,操作蒙纳铸排机。"

他将自己的排字手托、排字尺、锥子、大剪刀、海绵以及插在软木塞上的那把用来去掉排错的字母的锥子放到叠好的围裙上,三两下便打包成一个小巧的包裹。他开始往外走。

"你准备拿这些东西怎么办?"弗兰克问。

"我会把它们扔到河里。"

十七

*

查理在电报上说,他将于三月三十一日到达。在莫斯科,那天是十八日[1]。到那时,雪几乎都化了,可城里那些封得严严实实的窗户还得等上一段时间才会打开,以迎接春天的到来。他肯定是看不到这个国度最美好的那一面了。生性好客的弗兰克因此有些焦虑。打不了猎,也滑不了冰,可查理既不打猎,又不会滑冰。马市没开,但查理对马不感兴趣。光线太暗,拍不出像样的照片,不过话说回来,他拍快照时向来运气不佳。可是,查理会如何比较春天的莫斯科和诺伯里呢?到了这时候,诺伯里每一处屋前的绿篱肯定都长出了新叶,屋后的草坪则冒出了嫩芽。他也许会觉得,内莉根本不该被带到莫斯科来。

仆人们问该为他们的英国客人准备些什么。弗兰克提醒他们,他自己也是个英国人。

---

[1] 第三章已经提及,俄国当时使用旧历,比新历早13天。

"对,但您也是俄国人,您已经习惯了俄国的一切。"托马说,"您会犯错,您也不介意我们犯错。上帝赋予了您耐心,用它来代替您曾有的快乐。"

"到时候,卡尔·卡尔洛维奇会一直需要热水,每天早上还需要一只水煮蛋。"

三月十八日那天是圣·本杰明节,也是个公休日。从某种意义上说,这倒是给弗兰克行了个方便,因为印刷厂当天会关门,这样一来,接查理就不是什么麻烦事了。

"你打算带我们中的谁去火车站?"多莉问,"我们的舅舅一定在盼着我们热烈欢迎他。"

"我打算谁也不带。他这一路上一定很辛苦,等他到了这里,他肯定希望能安静一会儿,好好感受一下眼前的一切。"

他这么说,会让人觉得他的内兄身体有恙;果然,多莉问了他的查理舅舅脑子是不是正常。

"当然,他脑子很正常,可他一开始可能会有些困惑。他一直对旅行不感兴趣。不管怎么说,渴望宁静也不是什么怪事。"

"他会把妈妈带回来吗?"本用非常平和的语气问道。

"不会。"

"如果妈妈真的回来了,你会不得不摆脱掉丽莎吗?"

与其说弗兰克看见,倒不如说他知道多莉正坐在那里,她头扭了过去,一动不动,仿佛被冻住了。

"我不太喜欢'摆脱'这个说法。"他说。

"为什么不喜欢?"

你摆脱掉的都是些什么?弗兰克想了想。霍乱这种传染病、穿堂风、老鼠、政敌、坏习惯。当然,本的这个问题没有恶意,恰恰相反。内莉在的时候,最喜欢用"摆脱"这个说法。

丽莎比家里其他人稍晚出现,她来拿她这周的工资,这时他问她打算在他们这里待多久。

"我怎么会知道?"她一边说,一边仔细地数着钱,"我答不上来。"

"你可以说'我想待多久就待多久'。"

"我只能说'你们想让我待多久,我就会待多久'。这可用不着我来告诉您。"

弗兰克打开了桌子的另一个抽屉。"看,你的证件都在这里,这是你的国内护照。依据法律,我应该把它们存放在这里,可我打算把它们还给你。你若想离开,或需要离开,可以随意离开。你现在可以说'我想待多久就待多久'了。可我还是特别希望你能留下来,丽莎·伊万诺娃。"

裹着好几条方格花呢长披肩和围巾的查理，本以为弗兰克会直接把他从火车站接回利普卡街，弗兰克或许能够理解他的想法，却把行李交给搬运工，又避开了站长——他觉得自己此刻无法面对站长——推着查理进了茶点室。

"他们这里有茶吗？"查理问。

"查理，我希望你能跟我说说内莉的情况。"

"啊？现在就说？你知道吗，自从我们过了边境，我还没什么机会洗漱呢。"

"内莉还好吗？"

查理叹了口气。"我给你带来了坏消息，呃，不，先等等，别催我，我表达得不够准确，没什么好担心的。据我所知，内莉很好，只不过她没跟我在一起，她不在诺伯里。"

"你是说，你大老远地跑来这里，就是来告诉我你不知道她在哪里？"

"弗兰克，她不缺什么，这一点我是知道的。"

"我希望她不缺。我当时马上就寄了一些钱过去。"

"嗯，她还没到，钱就通过邮局寄到了。我几乎是在她刚到的时候就把钱给了她。要知道，我以为她只是回来看看，不过我也好久没有她的消息了。她就留下过了个夜，把她的袋子留在了阁楼上——对了，那些袋子现在还在那里——然后就又走了。"

弗兰克点了些茶。"她现在在哪儿?"

"她在学校教书,弗兰克。她当然还能拿到证书。别问我在哪儿,因为我不知道。我的意思是,她给我写了信,告诉我她在某所学校;她都这么大岁数了,不可能当学生,所以她一定是在教书。没写地址,她把信寄给了路尽头那家烟草店的店主,信寄存在邮局,是店主去取的。也许你还记得他吧?"

"你能让店主告诉你信是从哪里寄来的吗?"

"劝他泄露秘密的做法不可取。说真的,他收了钱,就得撕毁外面的信封。此外,他还是个卫斯理宗[1]的会友。"

"明白了。"

"我把她的信带来了,你想看吗?"

"不用了,查理。信不是写给我的。"

查理在椅子上坐直了身子,搅拌着茶里的柠檬,决心要适应外国的风俗。唉,他现在得把那句话直接说出口了,弗兰克一边想,一边为他感到难过。

"弗兰克,你和内莉起过争执吗?"

---

1 卫斯理宗(Wesleyans),遵奉英国 18 世纪神学家约翰·卫斯理(John Wesley)宗教思想的各教会团体之统称。它是世界上最有影响力的新教主要教派之一,其信徒统称为会友。重视信仰对人的外在行为的指导及由此而产生的社会影响。要求信徒在生活上艰苦朴素,发扬对他人的爱并为之服务。

"你问过她这个问题吗?"

"嗯,不过她没回答我。她倒不像以前经常做的那样,对我很冷淡,我不是这个意思。如果我得描述一下她,那我会说,她有些半梦半醒,就像一个正在做梦的女人。"

"她说过跟孩子们有关的事情吗?"

"我说过,不过她没说过。"

"你说了什么?"

"我问她,她是怎么安置小家伙们的。她也没回答这个问题。"

"假如她是个半梦半醒的女人,她可能就把孩子们弄丢了,你有这么想过吗?"

"没,弗兰克,我没这么想过,否则我肯定吓坏了。毕竟她从没弄丢过什么东西。"

查理从一千六百英里外远道而来,结果带来的信息却极其有限。他不得不打破他这么多年来养成的习惯,乘火车沿着伦敦-布莱顿和南方海岸铁路公司旗下的铁路去往伦敦,到俄国的领事馆取他的签证,把钱换成马克和卢布,接受入境检查,失去了自己的书(《拉弗尔斯》[1]和

---

[1]《拉弗尔斯》(*Raffles*),英国作家 E. W. 洪纳(E. W. Hornung, 1866—1921)创作于 1906 年的短篇小说集。洪纳系著名侦探小说作家阿瑟·柯南·道尔的妹夫,曾发表过侦探小说的作品,拉弗尔斯即其塑造的小偷侦探。

《多愁善感的汤米》[1]）和一副用来玩接龙的纸牌，这些东西都被韦尔日博洛沃的海关没收了。"一副纸牌肯定不会有多大害处吧？"弗兰克解释说，纸牌是国家专营的产品，所得的收入用于资助帝国弃儿养育院。"好吧，这说明沙皇的心地还挺善良。"查理说。

照弗兰克的理解，驱使查理来到莫斯科的，是他所受的惊吓。伯莎去世时，他心绪不宁；劳合·乔治推出国民保险制度[2]时，他惊恐不已（不过，他在得知罪犯不会领到养老金后松了口气）；正如他之前告诉弗兰克的那样，英国的女性、铁路工人和印刷工人最近的行为让他惴惴不安；可这几种感受都无法与内莉带给他的困扰相比，当时，本应在莫斯科的她按响了朗费罗路的门铃，更糟糕的是，第二天她就不见了。或许长久以来，他心里还有个遭到忽视的愿望，那就是赢他那位经常旅行的妹妹一回。有谁会相信查理·库珀竟然会走得这么远，来到了俄国呢？可他的这趟旅程没有任何实际目的。他说，自己唯一想到

1《多愁善感的汤米》（*Sentimental Tommy*），苏格兰作家 J. M. 巴里（J. M. Barrie）创作于1896年的小说，小说主题与作者后来创作的著名的彼得·潘系列作品联系颇深。
2 国民保险制度规定雇主和雇员必须交款以使国家能对病人、退休者、失业者等提供补助。1911年，时任英国财政大臣的劳合·乔治（Lloyd George，1863—1945）提出《国民保险法》，引入国民保险制度。

的办法就是"他们可以登一则启事"。弗兰克指出,启事只针对走丢或失踪的人,但严格来说,内莉两者都不算。然而,查理一直在想某件与《彼得·潘》里那些走丢的男孩[1]——他们曾呼唤自己的母亲回家——的台词有关的事情。弗兰克为查理天才般的想象力感到惊讶,查理却说是教区牧师建议他这么想的。

"所以说,你在诺伯里跟不少人讨论过我遇到的麻烦事。"

"没跟多少人讨论,弗兰克。只跟那些同情的耳朵说。"

他们一回到利普卡街,查理便解释说他打算待一周或十天,看看有什么可看的,开开眼界,因为这才是旅行的意义。他本来还担心会给人添麻烦,不过他看得出来,他无须为此感到担心——弗兰克是个管理高手;他也看得出来,这个地方没有因为他的到来受到任何影响。俄式家庭让他感到温暖,他还兴奋地发现,仆人们把他当作尊贵的外国亲戚,向他致以问候;这一切深深地触动了他,结果

---

[1] 此处的《彼得·潘》(*Peter Pan*)指的是于1904年首演的剧作《彼得·潘:不会长大的男孩》(*Peter Pan: The Boy Who Wouldn't Grow Up*)。走丢的男孩是该剧中的角色。该剧中,彼得·潘是他们的首领,而他们都是在肯辛顿公园走失的孩子。原文中此处的"走丢"(lost)与前一句中的"走丢"(lost)用的是同一个词。

他倒不像个肩负着令人尴尬且痛苦的使命的人，而像在体验一日游的旅客。

"哎呀，弗兰克，你干得还挺不赖嘛。什么都不缺，有人照顾你，房子一直很暖和，我倒是觉得，几乎暖和得有些不舒服了。在我的印象中，诺伯里的那些房子里除了煤火，什么都没有。"

"查理舅舅，如果我是你，我会对伏特加多留个心眼。"本焦急地说，"它喝起来没什么味道，但是很烈。"

"查理舅舅需要很烈的酒。"多莉说。

"嗯，我会喝一点儿的。"查理亲切地说，"假如你们的爸爸觉得那酒对我有好处。"

"那酒对你一点儿好处也没有。"弗兰克说。但伏特加的口感很柔顺、很微妙、很刺激，可以让人在那一刻放松下来，就像它对数以百万计的人所做的那样。

查理虽不是聋子，但并不是总能完全领会别人对他说的话。如此一来，虽然他有时候不知道该怎么回复别人，但大多数人也能谅解他。他在餐桌上无拘无束，同时说："我希望我吃得不算多。"

"你放开吃。"弗兰克说，"你要是不多吃点儿，厨娘会感到失望的。"

"她用不着担心。饭菜非常可口，对了，我得专门说一说这些小配菜，我指的是这些黄瓜片，我把它们叫作小配菜。我真不敢相信，你一个人在管这个家，居然把家里打理得如此井井有条。我想我可以这么说吧。"

"他不是一个人在管这个家。"多莉说，"他有丽莎。"

"有个俄国女孩在照顾孩子们。"弗兰克说，"我不知道她为什么现在不在。"他原以为她会在；虽然她大概离他只有几米远，可他还是忍不住觉得，这种分离就像是某种肉体上的痛苦。

"你们在火车站待了太久。"多莉说，"丽萨已经在楼上和安努什卡吃过晚餐了。"

"好吧，那我希望我明天能见到丽莎小姐。"查理说，"她起了个英国名字，这算是件好事，不是吗？也就是聊聊天而已，那就明天吧。"

"恐怕丽莎没办法跟你聊天。"多莉说，"她一句英语也不懂。"

"哎呀，真遗憾。你们得看看能不能教她几句。就教'你好吗''谢谢你''A是苹果派'这种——目前来说，教些实用的短语就够了。"

多莉和本离开了房间。

"这些小家伙可真是不简单。"查理说，"他们的想法很奇特，也很有趣。当然，你本来也不知道小孩的脑袋里到底在想些什么。这两个孩子可以自由自在地和我们说话,可那并不意味着你知道他们在想些什么。我不确定家里人有没有允许过内莉和我像这两个小孩那样自由自在地和他们说话。你也知道,我们家的规矩非常严。"

茶端了进来。托马想近距离看一看这位内兄,便又一次向弗兰克抱怨起必须买第五只茶壶这件事来,这件事他已经抱怨很久了。一只正在楼上,在丽莎·伊万诺娃那里,另外两只大的在厨房里。这场争论并不只是走走形式,而是持续了一段时间;两人争论时,查理坐在温暖的房间里出着汗,一会儿扭头看向弗兰克,一会儿扭头看向托马,却一句话也听不懂。与此同时,门一直开着,然后丽莎走了进来。

查理站了起来,被弗兰克介绍为卡尔·卡尔洛维奇,却只能用微笑代替言语。丽莎也微笑起来,用俄语对弗兰克说:"请别觉得我打算坐在这里。我知道您想跟您的内兄说话。"

"不,我不想跟他说话。"弗兰克用英文答道,"留下来,我爱上你了。"

"对不起,我刚才没听清楚。"查理说。

丽莎默默走开了。

"她看起来像是一位非常有教养的小姐,弗兰克。真遗憾,她把头发给剪短了,那头发的颜色非常好看。如果是在国内,我会觉得她一定主张妇女拥有选举权。"

"我只是临时雇她在这里工作。"弗兰克说,"'临时'指的是内莉不在的时候。"

"哦,明白了,她不是位小姐,她是个普通的年轻女人[1]。"

"我确定,过不了多久,她的头发就会重新长起来。"弗兰克说。

---

[1] 此处"小姐"和"女人"的英文分别为"lady"和"woman"。(编者注)

十八

*

没想到,查理继续表现出一副乐于享受当下生活的样子。不出所料,他最开始显露出这副模样是在他们拜访牧师办公处的时候,自从金斯曼小姐离开后,弗兰克便自觉在那受到了冷遇。可就算真是如此,查理也并未察觉。他反复对格雷厄姆太太说,利普卡街二十二号能被打理得如此井井有条,着实让他感到惊讶。

"我猜,这很有俄国特色。等到你们任职期满、再次回到国内的时候,你们,也就是您和您丈夫,就会发现区别了。我对弗兰克说,他家里跟《天方夜谭》里写的差不多。"

"弗兰克,"格雷厄姆太太点燃了一支她那令人讨厌的烟,说,"很高兴听说您家变得像《天方夜谭》里写的那样。"

"有人为你开门,"查理继续说,"有人为你关上,有人为你拿来你想要的任何东西。脸上还挂着微笑,这你也知道!而且小家伙们一点儿也不让人操心。"

"啊,是的。"格雷厄姆太太说,"我听说弗兰克雇了一个女孩来照顾他们。"

"当然,她说的都是俄语;我一点儿也听不懂。"查理说,"不过你只需要看看她,就知道她是个合适的人选。她是'受大自然青睐的那种人'。您知道那首歌吗,格雷厄姆太太?"

"不,我不知道。"格雷厄姆太太说。她也许有些担心弗兰克的内兄会唱起歌来。

"是首爱尔兰歌。"他告诉她,"歌名叫《我在长着马铃薯的菜园里遇见了她》[1]。不过你也没办法将不同的国籍明确区分开来。那首歌可以说是丽莎的真实写照。"

"丽莎以前在缪尔和梅里利斯商场做店员。"弗兰克说,"我希望——"

"在哪个部门?"

"我想,是在卖男士手帕的部门。"

"啊,好的。"

"我希望您和牧师下回来看望我们的时候,您可以跟她聊一聊。"

---

[1] 歌曲又名《长着马铃薯的菜园》("The Garden Where the Praties Grow"),其中唱到:"伙计们,她恰好是/受大自然青睐的那种人/她漫步在这世界/姿态毫不造作。"

"哎呀,不劳您费心这件事。"格雷厄姆太太说,"等您妻子回来再说吧。"

在查理眼中,格雷厄姆太太是位和蔼友善的女士,似乎对每个人都会美言几句。他对塞尔温的印象也很深刻,他认为这人是个聪明的家伙,读了很多书。他很奇怪,内莉在寄给家里的信中居然没多提这人几次。

"他对我说他是个诗人,弗兰克。不知你知不知道这件事。"

"嗯,我确实知道。"

"而且他还是个素食主义者,就像萧伯纳那样。不过萧伯纳不是诗人。他写散文,对他来说,靠吃蔬菜来维持生活肯定也容易一些。"

"塞尔温一直都吃得不多。"弗兰克说。

"对于一个管理会计来说,这件事似乎很古怪。不过你没办法和天才讲道理,他们不会按常理出牌。昨天,他带我去音乐厅听了那位钢琴家——你知道的,就是斯克里亚宾[1]——的演奏会;回来的时候,我们一起走在路上,

---

[1] 即亚历山大·尼古拉耶维奇·斯克里亚宾(Alexander Nikolayevitch Scriabin, 1871—1915),俄罗斯作曲家、钢琴家,无调性音乐的先驱,毕业于莫斯科音乐学院。

他忽然叫我停下来,于是我们就突然在电车轨道的中间停下了脚步。"

"为什么?"

"他没给出任何理由。他只是把头一仰,看着星星,紧接着我们就继续前进了。"

塞尔温也送了查理一本《桦树之思》。诗集就在眼前,封面用的是磨光纸,弗兰克很熟悉。"当然,如果诗集是用俄语写的,那么它就更像一份纪念品。可我转念一想,如果诗集不是用英文写的,那我就读不懂了。我已经粗略地看过一遍。我觉得,这里的这首像是某种用来哄孩子睡觉的催眠曲。我都不知道克兰结了婚。"

"叙述者不是诗人本人。"弗兰克说,"我想我应该没弄错。叙述者是一棵桦树。"

"好吧,我觉得能和一位诗人平等交流是种荣幸。你每天打理生意的时候,肯定也有同样的感受。"

塞尔温和查理在音乐学院的时候,弗兰克趁机再次拜访了格雷厄姆太太。他事先打了电话,问能不能再跟她说几句话;他说,不久前的那个晚上,他没办法跟她说那些话,可眼下,他的内兄出门去了。

客厅里没有其他人,显然格雷厄姆太太觉得为了他而谢绝其他客人是值得的。他立刻说道:"我想问您,您是否收到过金斯曼小姐的信。老实跟您说,我对她不是特别放心。"

"您觉得我会收到吗?"格雷厄姆太太问。

"我不确定我是不是对她负有什么特别的责任。可我知道,她丢掉了工作,需要一份新的工作,也许她本以为……我的意思是,如果我让她感到失望,我会觉得很抱歉。"

"啊,是吗?"格雷厄姆太太说,"如果我说,一位男士有责任将一位身处陌生城市的女士安全地送到她碰巧想去的任何一个地方,即便那是位年长的女士——或许我该说,正因为她是位年长的女士,他更应该负起这个责任,您会觉我守旧到可笑的地步吗?"

"不,我不觉得,格雷厄姆太太。我觉得您让我摸不着头脑,不过那是另一回事。我觉得所有的女人都让我摸不着头脑,甚至是多莉。请恕我直言,我之所以有这种感觉,是因为您总是见什么样的人说什么样的话。您的丈夫就绝不会这么做。"

"他应当这么说话,作为一名牧师,他受过这方面的培训。"格雷厄姆太太轻快地说,"我承认我自己不需要这方面的培训。可不管怎么说,您不会觉得可怜的缪丽尔·金斯曼小姐让你摸不着头脑吧?"

"不，我会觉得。可即使是这样，我对她也不够礼貌，甚至不够通情达理。"

"哦，她安全到达了哈里奇。她一点儿恶意也没有，或者说，作为一个身无分文的人，她已经尽力了。穷人总是会惹麻烦，我父亲做过乡下的助理牧师，我们那时候穷得叮当响。她去哪里了？嗯，我给了她一张便条，让她去找某个专门救助身处困境的淑女的组织，克兰先生还知道一个托尔斯泰派的聚居地，那地方离伦敦不远，当然，那里有自来水。可您来这里，不是真想谈这件事吧，对吧？我丈夫没办法给您建议，因为这不是他的职责所在。这也不是我的职责所在，不过我也不在乎到底是不是。"

"我没有任何秘密。"弗兰克说，"莫斯科的每个人都知道我做的每件事。"

"也许您在莫斯科待得太久了。"

"但愿不是这样。"

"我不会说'咱们言归正传吧'。我们早就聊到正事——也就是那个年轻女子了。她还得到了夸起人来天花乱坠的克兰先生的推荐。他是个理想主义者。我认为这是他做过的最糟糕的事。他不像泥土那样属于大地，他属于天空，像云彩。不过您的内兄怎么看？"

"查理对丽莎·伊万诺娃的评价非常高。"弗兰克说，

"他已经跟您说过了。"

"他当然对她评价很高!"格雷厄姆太太提高了嗓门大声说道,弗兰克从没听过她用这么大的声音说话,"您倒是告诉我,这座城市里有哪个男人对她的评价不高!安静、金发、反应迟钝、年轻性感、温顺、不会说英语、其实都不怎么说话、肩有些塌、眼睛半闭——还没完全睁开,不过我敢说她会睁开的——适度谦虚、举止得体,我猜是在缪尔商场当店员时学来的。"

"我不觉得她的眼睛通常是半闭着的。"弗兰克说。

"你们这些人本质上都是农奴主!对,您这位内兄也是!农奴解放都过去五十年了,可你们还在追逐那些农奴,把他们往稻草堆里赶!"

"别激动,格雷厄姆太太。"弗兰克说,"诺伯里可从来没有过农奴。"

"您还是没回答我的问题。咱们继续说说您的这位内兄。他在这里,大概很悲伤吧,毕竟自己的妹妹不见了。对于他在您家看到的情况,他是怎么想的?"

"什么想法都没有。如果内莉因为丽莎来我们家工作而离家出走,那么可能会有人反对,可事实恰恰相反。"

"是啊,好一个事实恰恰相反。"格雷厄姆太太声音嘶哑地说道。她吐出了一大口烟。弗兰克感到很沮丧。

"您没必要感到烦恼。对不起，是我的错。"

"我惹您生气了吗？"格雷厄姆太太一边问，一边献殷勤似的试着让自己的举止恢复正常。

"还没有。"

"我还没说完呢。我觉得很难评价您的这位丽莎。我们刚才说塞尔温·克兰是个理想主义者，我们的意思是他很容易上当，起码我是这个意思。他对她的了解能有多少？我想她很可能是执事的女儿，或者是圣歌歌手的女儿，又或者是撞钟人的女儿——总之是教堂里的神职人员的女儿。"

"我想她父亲是个细木工人。"

"您一定看过她的证件了。"

"当然。"

"我只是在问一些您应该已经问过自己的问题。很有可能您已经问过了。毕竟您是在这里长大的。您一定常常见到俄国青年，见到很多俄国学生，可毕竟还有些没上学的俄国青年——我的意思是，这个群体的数量比我们在牧师这里见到的要多得多。细木工人的女儿！好吧，我没有跟细木工人说过话。送奶工、缝纫女工、摄影师——都是些讨人厌的人！——德国牙医——不过没有细木工人。我很高兴，到目前为止，我们这里那些用木头建造的部分都还很牢靠,因此没必要叫细木工人过来。"

"我们是在谈论丽莎·伊万诺娃。"弗兰克说。

"好吧,我来说得明白些。也许我不该觉得她身上有什么神秘之处。可您觉得她有没有可能和某种革命团体联系在一起呢?"

"格雷厄姆太太,我是这么觉得的:您的想象力有些过于丰富。我忍不住觉得,不管希望多渺茫,您一定是下定了决心,非得找出丽莎的毛病来。政治活动需要闲暇时间,任何一个不分昼夜、二十四小时照顾我那三个孩子的人都不会有太多闲暇时间。"

"可是,我亲爱的弗兰克,"格雷厄姆太太身子前倾,说道,"她在您家过夜吗?"

这是她头一回叫他"我亲爱的"。他立即继续说道:"此外,我觉得,政治活动需要某种气质。比方说,多莉的老师——"

"哦,那个不信上帝的人!"格雷厄姆太太说,"嗯,我听说过她。不过我确定你不用担心多莉。跟她一样大的孩子里,我还从没见过比她更通情达理的。"

弗兰克很好奇每次多莉来牧师这里——有时候她的确会来——吃茶点的时候到底说了些什么。格雷厄姆太太又用一把味道难闻的粗切烟丝卷了一根烟,然后挺起了瘦削的肩膀。她的身体正在垮掉,弗兰克想。"请您别生我的气。"他说。她虽然看不起这样的套话,心里却开始觉得好受了一些,于是两人几乎在友好的气氛中告了别。

十九

*

"您妻子和她哥哥感情一定很好,不,是非常好!"库里亚金太太惊叫道。

"我不这么觉得。"弗兰克说,"他俩好几年没见面了。"

"没有什么关系比兄妹间的关系更牢固,什么都比不了。只有一起蹲牢房和挨饿的关系比兄妹更牢固,人们常这么说。我哪知道阿尔卡季在做些什么?可我知道我在斯摩棱斯克的六个兄弟心里想着什么。"

库里亚金似乎也对这位内兄的到来感到高兴,都有些高兴过头了,他坚持认为这位内兄是一位律师,也许是来自某个重要地区的检察官。"诺伯里。在俄语里是什么意思?"

"北方的城市吧,我猜。"弗兰克不太肯定地说。

"那岂不是和北京的意思一样。"库里亚金得意扬扬地说。

他说,他必须向这位新来的客人展示一下俄国人如何享受生活，西方对这种享乐的方式一无所知。他一般会叫一辆出租车，去位于彼得罗夫斯基公园的吉卜赛妓院。诺伯里有不错的吉卜赛妓院吗？弗兰克向他证实了这一点。可是在大斋节期间，这些地方都被强制要求关门，弗兰克还明确要求库里亚金不能带查理去美人鱼茶馆，毕竟查理很喜欢音乐。那就坐汽车吧。他们可以乘坐库里亚金的沃尔斯利牌"星"型汽车——五十马力，车轮可以拆卸，弗兰克觉得这个设计很明智，可以起到防范作用——去商人教堂之类的地方，那座教堂位于库尔斯克和梁赞之间，离莫斯科约十二英里。不过，路上还覆盖着只化了一半的雪。

"不要紧，我有哥伦布轮胎，是从向导商场买的。向导只卖最好的东西，还给了我优惠价。这种轮胎在什么路上都能跑，在最糟糕的天气里也可以。"本确认了这一点，不过库里亚金的那位从男仆长提拔上来的司机米哈伊洛从来没让本好好看看车的引擎，而且本觉得他没有真正掌握开车的诀窍。

库里亚金兴致很高。他知道查理听不懂他说的任何话，却把这当作一个玩笑，一个可以靠吵闹和坚持来克服的玩笑。"你回来的时候可能就聋了。"弗兰克说，"你也知道，为了内莉，我得对你负责。"他让别尔诺夫——别尔诺夫曾上过商务英语的课程,这是他的自我提升计划中的一部分——必须作为口译陪查理一起去。

"我真没料到你会这么安排,弗兰克·阿尔贝托维奇。如果参加这场短途旅行,我就会耽搁印刷厂里一天的工作,如果他们想参加修道院的晚祷,我们就得在外面过夜。"

"你们走不了那么远。"

"你估计路上车会坏?"

"如果真是那样,就让米哈伊洛检查一下汽化器[1]。这种俄国汽油的含油量很低。"

"汽化器是什么?我希望你能跟我们一起去。"别尔诺夫说。弗兰克对他产生了一种强烈的喜爱之情,可他开始工作的时候,这种感情却变成了懊悔。此前,里德卡马上适应了新的人事安排,弗兰克因此有了一种难以形容的焦虑褪去、满足于当下的感觉,就像他小时候看着蜂箱或陀螺时会有的那种感觉。白天的时候,新的官方法规出台,要求从今以后,针对缺勤和醉酒的所有罚款不得由相关公司保留,应存入政府名下的某个账户,最终由内政部决定怎么花掉这笔钱才能为工人谋取最大的福利。那笔罚

---

[1] 汽化器亦称"化油器",发动机中用以使燃料与空气形成可燃混合物的部件。

款数额不大，可弗兰克知道，别尔诺夫很乐意决定这笔损失掉的小额收入到底应该算作间接成本、可变成本还是特别成本。令人焦虑的琐事把别尔诺夫从诸多宏伟计划中解救出来，他已经预见到，那些计划在里德卡将永无容身之处。而现在，他没能将一整天时间花在细致却令人愉快的账务评估和调整工作上，而是参加了库里亚金组织的短途旅行，不得不一边吹着冷风、欣赏着风景，一边异常尴尬地像拨浪鼓似的说个不停。可弗兰克知道，他不能让塞尔温去。虽然改过自新的库里亚金没能坚持太久，实际上只坚持到下一个工作日，可谁也说不清楚，他当着塞尔温的面是否会再度改过自新；弗兰克并不觉得那样的库里亚金适合坐着沃尔斯利出游一天。

由于帮忙读了一遍《三怪客泛舟记》[1]的校样，他回家晚了。他在马克尔酒吧凑合着吃了些东西。等他到家的时候，丽莎领孩子们过来向他道了晚安，这种事之前从未发生在他身上，他也觉得这只会发生在别人家里。这的确非常罕见，而头一件让他觉得罕见的事，是孩子们居然同意同时上床睡觉。

---

[1]《三怪客泛舟记》（*Three Men in a Boat*）是英国作家杰罗姆·K. 杰罗姆（Jerome K. Jerome）于1889年出版的一部幽默小说，小说主要围绕三个怪客和一只狗的一次泛舟之旅展开。

"查理舅舅回来了吗?"多莉问。

"没有,他还没回来。"

"你觉得他们的车胎爆了吗?"

"很有可能。"弗兰克说,"所有的车都会爆胎。"

"他们应该把轮胎做成实心的,就像特洛伊人那样。"

"也许吧,可人们想舒服点儿。"

"我觉得查理舅舅不该在这里待太久。"多莉说,"他没把妈妈带回来,也没办法告诉我们她什么时候回来。"

"难道你们一点也不在乎你们的舅舅吗?"弗兰克想知道孩子们的看法,便直截了当地问道。安努什卡生来就以对她而言最轻松的方式对待生活,无论遇到什么情况,她只会做出让自己广受赞扬的决定,于是她大喊道:"我爱我的查理舅舅!"

"他似乎什么都喜欢。"本试图说句公道话,"我们不习惯他的那种做法。"

"他来看我们,我们却一无所获。"多莉说,"他不该只为了自己享受而待在这里。"

弗兰克指出,查理回伦敦的车票已经订好了,列车途经华沙和柏林,出发时间为俄历的三月二十八日;在那之前,他们全家有责任保证查理过得开心。他本想让多莉给他一个拥抱,她却明显不同意。自打记事以来,弗兰克便习惯了整天可以在莫斯科感受到人的身体所带来的温暖，长大后也没变。甚至是现在，他的那些俄国生意伙伴依然经常张开双臂拥抱他，他的仆人和雇员也常这么做，如果他不设法阻止，沏茶的女工和负责看管厂区的勤杂工则会吻他的手。可多莉只会向他投来无畏却深情的目光。

弗兰克打发所有仆人上床睡觉，说自己会熬夜等卡尔·卡尔洛维奇回来。十点半时，库里亚金那群人回来了，没坐那辆沃尔斯利，而是坐着一架出了毛病的马车，汽车由于冒起烟来，被他们连同米哈伊洛一起丢在了离莫斯科几英里远的地方，他们在那儿只能租到那辆马车。库里亚金吵吵闹闹，急于证明一切都很顺利，别尔诺夫显得疲惫、干瘪且冷静，查理则和往常一样。他觉得他们这一天没出任何岔子。他解释说他一滴伏特加也没喝，因为他觉得它可能会影响他的肠道，不过他喝了几杯格瓦斯，他们告诉他，那种俄国啤酒是用面包酿制的，一想到这件事，他便啧啧称奇，仿佛他们是用啤酒做出了面包。那些俄国人啊，真是聪明极了。他们没去成教堂，但那并不重要。若是你见过一座东正教教堂，你就见过了所有的东正教教堂。他们在酒馆还吃了一道特别的菜——那种鱼肉馅饼顶部有个洞，里面塞满了鱼子酱。

"库里亚金先生一整天对我都非常大方。"他继续说道,"我开始意识到,'全家人的朋友'这个说法在这里还真是名副其实。"

"在英格兰也是如此。"弗兰克说。

"当然,要是没有别尔诺夫先生,没有他实用的语言天赋,我也不可能听得懂。回来的路上,他给我解释了库里亚金先生都说了些什么。我的意思是,库里亚金先生说他非常同情你,还说他想多为你做些什么。"

库里亚金听见有人提到他的名字,便点点头,笑了笑,转了转眼珠,发出声响来,不过这一系列动作并不是同时做出来的。他就像是二手玩具店里出了点儿小故障的机械人偶。

"他想把三个孩子带到他家去,弗兰克,需要在他家待多久就待多久,这样你就解脱了。你看怎么样?他的妻子似乎是个特别有母爱的人,从来不嫌家里的小家伙多。而且你一分钱都不用花。他当时就像他现在这样张开了双臂,然后说:'让他们把我当成他们的第二个父亲吧。'是吧,别尔诺夫先生?"

"是的。"别尔诺夫说,"这话他说了不止一次。"

"他现在在说什么?"查理问。

"他在说,喝了伏特加的男人就像孩子一样:心里想着什么,嘴里就直说出来。"

"这是句老话吗？"

"也许是吧。"别尔诺夫说，"我从没在村子里生活过，我对那些老话不熟悉。"

"没关系。"弗兰克说，"他并不是真想收养我的孩子。他只是笼统地表达了善意，更有可能说的是违心话。"

"身为一名商人，他无疑会信守诺言！"查理大声说道，"他无疑是个殷勤的人。"

"他当然是。"

库里亚金突然觉得无聊，于是猛地跳下沙发，不等茶端上来，便一边大声使唤仆人拿来他的外套和靴子，一边开始往外走。那辆马车一直在细雨中等候。他没让别尔诺夫搭顺风车便驾车离开了。

"没事，弗兰克·阿尔贝托维奇。不管他送不送我，我都宁愿坐有轨电车。"别尔诺夫艰难地穿上了橡胶套鞋。"不过，这一次你对我的要求实在是太多。我是你的成本会计，我更愿意的，是只做自己日常职责范围之内的那些事。"

查理很累，直接上床休息了，睡前还在不停地说着赞美的话。这种潮湿的天气比炎热干燥的天气要健康得多。那辆沃尔斯利抛了锚倒是一件好事，因为在那之前，它就已经让别尔诺夫先生稍感不适了。可库里亚金先生知道该做些什么,在那家酒馆,他让别尔诺夫先生服用了一份特别的药物,把樟脑丸溶到了伏特加里,然后给他喝了伏特加。

"这招很管用,真的。就应该把这些东西全都记在手边的某个地方。好了,弗兰克,我要说晚安了。"

二十

*

查理临走的前一天,大家觉得他仿佛已经在家里待了很久,久到自打他们记事起就在。他已经养成了在早餐时吃荞麦粥的习惯,每次吃两碗,有时甚至吃三碗,每碗都放一块黄油。"回家了我可吃不着这东西。"他说。他觉得自己对俄国有了相当全面的了解。同库里亚金和别尔诺夫驾车外出的那一次,他没能去成离这座城市很远的地方,不过他觉得已经够远,够他了解这个国度的其他地方以及其农业是什么样子了。

"我看到到处都是卷心菜的残茬。俄国太过依赖卷心菜了,弗兰克。如果说我有什么想批评的地方,那就是俄国人不像我们国家那些拥有小块土地的人。一座农场或一家工厂可能会亏损,但英国的那种小块土地绝不会。这就引出了我的另一个想法。"

另一个想法不得不暂时放下,因为在诺伯里有一条不变的原则,即不在仆人面前讨论重要的事情。

"虽然他们听不懂我说的话,可他们也许能从我的手势和面部表情中猜出些什么来。你肯定不想让他们知道你在做些什么。"

"每个人都知道我在做些什么。"弗兰克说。

查理一直陪他走到有轨电车车站。"很遗憾,没能去看看你工作的地方。不过我敢说休息一下对我也没什么害处。而且多莉也答应了我,说她放学后会和我一起去贸易行[1],还会给我和那些店主做口译,这样我就可以买几样小礼物带回家去。好吧,这又让我想到了早餐时我没说出口的那个想法。"

"什么想法?"

"跟小家伙们有关。库里亚金这人外粗内秀,若是你愿意,他倒是能帮上你的忙,他的那个提议让我陷入了思考。你虽然拒绝了那个提议,可假设我明天回英格兰的时候,把他们三个都带上,你看我这个提议怎么样?"

"听我说,查理——"

"吓了你一跳,是吧,弗兰克?可一想到你的那些小家伙们不熟悉他们的祖国,我就觉得悲伤。我们先前谈到

---

[1] 上流贸易行坐落在莫斯科的红场东侧,建于1890年至1893年之间。作为新莫斯科的象征,上流贸易行分三层,聚集了众多不同行业和规模的商场,展示了俄罗斯传统市场的新面貌。

了小块的土地——嗯，他们三个谁也没见过那种土地。我敢说他们从没见过西葫芦。还有，你知道吗，我有时候待在家里会觉得有些寂寞？"

"你想让他们永远和你生活在一起吗？"

"好好想一想吧，弗兰克。虽然我俩这方面聊得不多，但我知道你过得并不舒坦。白天的时候好好想一想，看看我这个提议怎么样。"

"你爸爸看起来很生气。"两人走进贸易行的时候，查理对多莉说道，"我希望我没多嘴。"

"现在没必要担心那件事。"多莉说。兴高采烈的她把新买的毛皮衬里的大衣穿在了校服外面，一副"事情全包在她身上"的模样。"我们先买你的礼物。然后你可以请我喝点茶，到时候我把我的想法说给你听。"

他们上楼来到了三层，这个巨大集市的顶层，覆着玻璃的走廊交叉着通向四面八方，透过玻璃，可以看见众多顾客在玻璃顶下一窝蜂似的来来往往。中间的那层是做批发生意的。在三层，他们面对着长达半英里、展示给那些随时准备花钱的人看的商品。多莉的眼睛闪烁着光芒。

"只挑几样东西。"查理有些心虚地说道，"有几个邻居对我很好，得给教区牧师家准备一份礼物，我猜，还得给合唱社团以及和我有工作往来的一两个人准备礼物。"

"你准备给我妈妈带什么回去?"

"我拿不准她在哪里,多莉宝贝。你知道的,要是我知道,我就——"

多莉拿走他的清单,拽着他快速往前走。"这边是食品杂货区。不是进口货,都是些俄国本土货。红酒焖鲟鱼罐头、罐装麋鹿肉、麋鹿肉干,当然,还有鱼子酱,不过不是最好的那种,还有白兰地焖松鸡。然后,沿着这条路走,是服饰配件区,有琥珀念珠、羊皮手套、珍珠柄丝绸扇子、天鹅绒婴儿靴,全是这类东西,你还可以买到农民庆祝宗教节日时穿的服装,你不用买一整套,可以只买一顶'科科什尼克'[1]或是一件'舒盖'[2]。现在,我们快走到金银珠宝首饰和宗教物品区了。"

"我可买不起这些东西,多莉。我们就不能抄个近路吗?不管怎么说,这些东西都不适合做礼物,那些宗教物品若是放在教区牧师的家中,看起来会特别不合适。"

"他们这里有上好的珍珠耳环。不过只是河里产的

---

[1] 一种流行于俄罗斯北部的女性头冠。形状多为扇型、花瓣型或盾型,主体是较硬的框架,装饰有锦缎、珠宝,尾部的丝带起到固定作用,结于脑后。原文为英文通过俄文发音拼写出的"单词"。
[2] 一种俄罗斯妇女穿的带纽扣的短上衣。原文为英文通过俄文发音拼写出的"单词"。

珍珠。"

说话的时候,她扭头看向了他。查理惊讶地发现她的耳朵打了耳洞,他从未见过这种打耳洞的方式,而且她还戴了一副金耳环——此前他从未留意过这些细节。

"亲爱的,你是什么时候有了这个的?"

"哦,是在我两周大的时候,我猜。安努什卡的和我的一模一样。"

他难为情地说:"那你想让我给你买几颗珍珠吗?"多莉大笑着说:"我家里的珍珠够多了。我们也不准在学校戴耳环。"

她在玻璃走廊的下一个交叉点转向左边,心里还在可怜他;他们买了一些桦木做的小物件和一个雪茄烟盒。她数了数找给他的零钱,没和店家争论就又帮他拿回了三十戈比。查理不得不小心拿好他买下的那些东西,它们此时已全部用草纸包了起来;多莉说,如果不包起来,它们有可能磕碎。

为了喝茶,他们只好下楼去餐馆,餐馆位于贸易行的某座砂岩塔楼的地下室里。可他们沮丧地发现,那里已经没位置了,空气像煤气一样刺鼻,顾客摩肩接踵。

"我们走吧,去找塞尔温·奥西佩奇喝茶。"

"多莉,我不知道他住哪里,而且他一定会去印刷厂上班的。"

"不，他不会去的。我爸爸每天都去，不过有些星期六不去。塞尔温星期四不去。他俩星期五都在，因为那天是发工资的日子。法律规定，星期六以及宗教节日的前一晚不许发工资，以免那些人第二天一早还是醉醺醺的。"

"好极了，但如果他不知道我们要来，他可能也不太方便接待我们。"查理推脱道。

塞尔温住在米亚斯尼茨卡亚街的东边，那里恰好是繁华街区和问题街区的分水岭。再往外走一条街，你便发现周围全是妓院（男女皆有），远比不上贸易行里那些店铺的希特罗沃市场，以及找工作的人、霍乱疑似患者、军队逃兵和通缉犯白天藏身的出租房。照常理来说，家里人不会允许多莉到米亚斯尼茨卡亚街的东边去，那地方实在太过偏远。可她认识塞尔温住的那栋房子，还厚着脸皮按响门铃、呼叫了看门人。

"看看塞尔温·奥西佩奇在不在家。"

"他在这栋房子里有几个房间，不过他很少待在这里。"可塞尔温却亲自下来迎接了他们。

"你们本该跟我说一声——"

"我知道。"查理说，"可今天下午管事的不是我。我们在贸易行没喝上茶。"他一边跟在两人身后上楼，一边坚持解释道。"呃，我非常欢迎你们两位。"塞尔温坚称。

多莉率先跑了上去。塞尔温的房间只靠煤油灯和火炉的红光照明。

"我这里没通电。"他说,"也没茶喝。我的意思是,没你们想喝的那种茶。我自制了一种饮品,用的是九种能治病的药草——芹菜花、拉特雷草、玛格丽特花、野荨麻花、野香芹、圣约翰草、三叶草、指甲花、大麻。我在夏天的时候采集它们,一回来就把它们晾干。"

"这些药草是给生了病的奶牛准备的。"多莉说。

"治病可不分对象呢,多莉。"

"野荨麻花,哎!叫看门人去弄点儿茶和柠檬来。"

然而看门人早有准备,打算兜售他自己的东西。其实他一看到有人拜访塞尔温·奥西佩奇,就把那些东西拿出来了。很少有人想喝用九种药草做成的饮品。查理担心多莉和自己也许算是不太好伺候的那种客人,便说用大麻和芹菜花做的饮料听起来很有趣,以前曾有人推荐他服用类似的东西治疗哮喘。

"每种植物都受到了不同的圣者的保护。"塞尔温说,"这些东西也不是纯药用的。"

房间的天花板是雕花木头做的,复制了山墙上的图案。房间漆成了白色;塞尔温还找了个木匠打造了一排又一排的书架,书架上不仅摆着他的书,还放着他做鞋用的工具、他的针和线以及他装草药的罐子。那位木匠还打了几把朴素的木椅子和一张朴素的木桌子，连接处一颗钉子也没用。查理环顾四周，想找点儿什么来夸赞一番，结果只说："你这儿真不错。"

"谈不上那么好。"塞尔温平静地说道，"我之所以在这里找了个地方住，是因为它在希特罗沃市场边上。"

"那里是个购物的好地方？"

"嗯，如果你想找到你过去六个月被偷的那些东西，想文身，或是想堕胎，那里就是个好地方。"

查理皱起了眉头，朝多莉看去。"不说这个了。那我猜这里的租金一点儿也不贵吧。"

"塞尔温·奥西佩奇没太把房租放在心上。"多莉说，"他之所以住在这里，是因为他喜欢在晚上自由地走在那些不幸的人中间。"

"我确实不需要睡很久。"塞尔温说，"在深夜的某些时刻，男男女女们会自然而然地敞开灵魂，就像某些植物那样。"

"我能把壶放到炉子上吗？"多莉问。塞尔温有一把在莫斯科都非常罕见的壶。俄语里没有与之对应的词。几年前他回了一趟老家坦布里奇韦尔斯镇，这把壶是他从老家带回来的。

"那你一个仆人也没有吗?"查理问。

"没有,在我看来,这种关系是不对的。"

"嗯,我们的多莉使用起厨具来,似乎很在行呢。"塞尔温把托尔斯泰告诉他的话解释给查理听:如果成年的男女过着简单的生活,做一些显然有必要做的事情,那么用不了多久,他们的孩子就会愿意和他们一起做那些事。

"你觉得内莉过着简单的生活吗?"查理问。

多莉忙完沏茶的事情后坐了下来,突然说道:"查理舅舅想带我们去诺伯里。他怎么会有这种想法呢?我实在是想不明白。"

"好了,亲爱的,"查理说,"你这话说得太尖刻了,我相信你本不是这个意思。我也跟你说过,我是好心向你父亲提出这个建议的。我只是没想到这个建议居然会让他如此沮丧。"

"我觉得我能理解她为什么这么说。"塞尔温探身向前,满怀兴趣和关切地说,"多莉不想离开他父亲。"

"我们不想离开俄国。"多莉说,"已经是早春了,我们想到乡间别墅去。"

她坐在柔和的灯光下,吮着最后一片柠檬,耐着性子看着他们。

"我们也不想离开丽莎·伊万诺娃。"

二十一

*

那天晚上，查理又重复了一遍自己的提议，这让弗兰克感到很吃惊。

"你该不会又要说起那件事了吧？"

"嗯，弗兰克，我确实要说，因为我突然想到，你之所以反对整个想法，是因为你觉得在旅途中，我一个人应付不过来；你说得对，我没什么照顾小家伙的经验。可现在，我想出了一个解决办法，这个解决办法还有另外一个好处，因为我之前跟你提过，住在朗费罗路我有时候觉得很孤单。好，那如果我让丽莎小姐跟我一起回去呢，你觉得怎么样？我的意思是，你这里给她多少工资，我就给她多少工资，我觉得那工资很合理。"

弗兰克盯着他，却觉得自己有义务相信他。"查理，你问我觉得怎么样。"他说，"我真不知道。你问过她了吗？"

"你忘记了吗，我不会说俄语。这件事当然得由你替我去跟她说。"

弗兰克一言不发，拟起一份简短的讲话稿来。"亲爱的丽莎，请好好考虑考虑以下三种可能的情况，我内兄托我来跟你说。第一种情况：卡尔·卡尔洛维奇想要你，不过他自己并不知道。他想让你和他一起去英格兰，在路上照顾孩子们，他给你的工资和我给你的一样（他觉得这很合理）；等他了解了自己真实的感受以后，他就会让你和他上床，他在诺伯里的那些邻居则会因此感到厌恶、不满和嫉妒。第二种情况：卡尔·卡尔洛维奇想要你，等等等等，可他比我原以为的更机敏，他自己也确实知道他想要你。结果可能没有区别，他给你的工资还是和我给你的一样（他觉得这很合理），但后面那些事发生的时间可能会早得多。第三种情况：卡尔·卡尔洛维奇不想要你，可他怀疑我想要你。这让他很苦恼，部分原因与他妹妹有关，我想还有部分原因与我有关，因为我相信，他非常关心我的感情状况，而且他突发奇想，觉得如果他能把你带到遥远的英格兰（他还是会付你同样的工资），他便能将我从诱惑中解救出来。"

"我不知道我该如何跟她解释这一切。"他大声说道，"可你确定孩子们想去诺伯里吗？"

查理看起来很灰心。"不是很确定。"他说。

弗兰克断定，他的内兄终究是个比他更为正直的人，可他也意识到自己并不在乎。承认这一点让他松了口气，为查理送行在某种程度上同样让他松了口气：当时查理拿着手提旅行包、旅行皮箱、他和多莉在贸易行买的礼物、一打伏特加，还有五十块绿茶蛋糕，那是库里亚金在最后一刻送到火车站的。虽然查理到莫斯科才十天，可他似乎已然把旅途中的那些实用细节忘得差不多了。海关条例、时区、信号铃全都胡乱地散落在他脑子里。诚然，他似乎已经忘掉了此次拜访的主要目的。他俩没提过内莉。

"我回家后一定跟你报个平安，弗兰克，你就放心吧。我觉得我对你的感谢还远远不够。要是我的提议让你感到不快，我心里会非常过意不去……我的意思是，要是你觉得我俩之间还有一些事情没说清楚，我也早就准备好了在这里、这个时候撕掉返程票，直接跟你回利普卡街。"

为了强调自己是当真的，他拿出了钱包，返程票却不在里面。他俩随即找起车票来，弗兰克搜遍了查理的外套，觉得自己就像个业余扒手，最终还是在钱包里找到了车票。铃声第三次响起，查理费劲地踏上车厢高高的踏板；列车驶出火车站时，他试图回头看向窗外，却发现有太多乘客在他面前挤来挤去，于是他消失在了弗兰克眼前。

"他走了?"多莉问。

同样的房间,同样的汤,同样的面包,查理却不在了。他们坐在一起的时候,仿佛某种威胁已被解除。日子重归平静,没有一丝涟漪。丽莎依旧起劲地咀嚼,依旧只在别人跟她说话的时候说话,依旧给人一种安静却不沉闷的感觉,仿佛生活的自然状态就是平静。弗兰克想,我得让她焦虑起来,不惜一切代价。

"我觉得我会一直不结婚。"多莉继续说,"丽莎大概也会一直不结婚。"

"丽莎,你跟多莉说这些干吗?"弗兰克问。

"我跟她说的是,曾经——也许是在十年前——村子里的人觉得女人单身是一件很可怕的事。"

"这完全不是一回事。"

"是的,不是一回事。"

"我的老师就没结婚。"多莉说,"金斯曼小姐也没结婚。"

"你们这几个孩子谁也没见过金斯曼小姐。"弗兰克说,"我都不知道你们听说过她。丽莎,如果多莉欺负我,我允许你责备她,所有女人遇到这种情况,似乎都觉得有必要这么做,没有任何例外。"

"为什么如今女人的日子比十年前好过?"本问。

"确实比以前好过。"弗兰克说,"不过也许丽莎能解释为什么。"

丽莎的脸色从没变过,可现在,她放下了勺子,说道:"我很少跟人解释什么。让别人做超出自己责任范围的事,这种行为是不友善的。"

"不友善!"弗兰克吃惊地说道。

第二天在里德卡,别尔诺夫一走开,弗兰克便问塞尔温是否觉得他是个不友善或者冷酷无情的人。塞尔温没有立即否认,而是摆出一副温和却令人恼火的模样琢磨着这个问题,这时弗兰克说道:"你之前跟我说,我有责任努力理解丽莎·伊万诺娃。"

"我不知道我之前用了'责任'这个词。"塞尔温回忆道,"这个词必然暗示了某些事是你不想做的。在我的设想中,有这么一个时刻,有点儿像是走进澡堂里最暖和的那个房间——蒸汽浴室——的那一刻,在那里,欲望和责任融为了一体。你能明白我的意思吗?"

"事实上我非常明白。"弗兰克说,"可问题在于,时间那么少,我能做的并不多。我只能早上见她一次,晚上再见她一次。"

"老实跟你说,这比我料想中的次数多。我觉得你不该在这一点上责备自己。不过,丽莎·伊万诺娃在某种程度上可能过着毫无乐趣的生活。如果这是真的，那我早就准备好在某个晚上带她出去散散心，就像我对你内兄做的那样。当然，所有的大型聚会都被禁掉了，特别是那些年轻人的活动，可我们也许可以去戒酒小组，或者某个叫'谦卑之道'的俄国朝圣组织的聚会，抑或某个文学圈子碰碰运气。所有这些活动都是免费的，要不然就花费很少；只要控制好人数，让人数少一些，所有活动都能得到政治警察的批准。"

弗兰克没回应这番话。"她第一次来的时候——你知道的，就是你带她来我家的那一次——我注意到她特别安静。"

"她确实很安静。人们很难注意到她在房间里。"

"她在房间里的时候，我还是注意到她了。不过我觉得，和我们相处的时间久了一些后，她的话也变多了。"

"当然，按我的理解，她从没想过自己会和你们相处很长一段时间。"

"我也想说这一点。我觉得我有必要知道她离开这里以后打算去做什么，她有没有别的地方可去。"

"可以问问她这些问题。可弗兰克，为什么不把这个任务交给我呢？在她之前，我曾把那么多不幸的人带来见你，我承认我也有责任让你注意到丽莎，希望你能给她物质上的帮助。也许这一次你并不想感谢我。"

"我还不确定我想不想。"弗兰克说,"以后我再告诉你吧。"

"回到你最开始问我的那个问题:我觉得你不友善,或是有可能表现得不友善吗?弗兰克,这个问题跟想象有关,我的意思是,得设想一下他人的痛苦。你要知道,你不是个想象力丰富的人,弗兰克。如果说你有什么缺点,那就是你没办法理解超出理智或理性范围的那些东西有多重要。但那些东西本身就自成一个世界。我们流着泪哭喊道'溪流在哪里'。可抬头看看吧,瞧!有一条蓝色的溪流正缓缓流过我们头顶。"

"我不确定她信不信任我。"弗兰克说,"总的来说,我希望别这样。"

二十二

*

棕枝主日[1]前夕，仆人们为复活节忏悔做起了准备，不仅在家中到处走动，还跑到邻居家请求人们原谅自己有意或无意间对他们犯下的任何罪行。没必要对那些罪行做详细说明。

丽莎告诉弗兰克，她也需要他原谅自己的行为、言辞和未说出口的想法；听到这番话后，弗兰克感到很惊讶。

"你能做错什么呢？"他问，"我不知道你那些没说出口的想法到底是什么，可我对你所做的一切没有怨言。"

"又有谁能一整天都不犯错呢？"

"好吧，如果非要比比看，那我也做不到问心无愧。"她静静地等着。"我原谅你，丽莎。"他说。

---

[1] 亦称棕树主日或基督苦难主日（因耶稣基督在本周被出卖、审判，最后被处十字架死刑），是复活节前的主日，标志着圣周（复活节之前的一周，用来纪念耶稣受难）的开始。各地教会对此日的庆祝，往往以耶稣基督的荣耀为主题，多以棕榈枝装饰教堂。其为天主教、东正教、圣公会等庆祝的节日。

棕枝主日当天，她披上了黑色披肩，带着孩子们出门去看人群。"我晚些时候再跟你们会合，我会找到你们的。"他告诉他们。他们刚走，便有人打来电话找他。打电话的是国防部的政治处，更准确地说，是秘密警察。

"我们拘留了弗拉基米尔·谢苗尼奇·格里戈里耶夫，这名学生承认他于三月十六日非法闯入了你厂里。你能认出他来吗？"

"大学里有六千名学生。"弗兰克说。

"可他们中有一人在三月十六日的晚上非法闯入了里德印刷厂，企图印刷具有颠覆性的印刷品，或是窃取铅字和其他物料，以便在别处生产那些印刷品。"

"厂里什么东西也没被盗。"

"那他为什么会去那里呢？莫斯科这么大，他能选的地方有很多。总之，我们要求你来尼基茨卡亚大街二百一十号一趟，把他接走。"

"把他接走？今天是棕枝主日——我可不想接他！"弗兰克说，"总有人让我取走这个东西或是接走那个人。我是做印刷生意的，不是做运输生意的！"

"街上人很多。你今天没办法叫到出租车。六分钟后，我们会给你叫一辆。"

弗兰克之前从未去过位于尼基茨卡亚大街的秘密警察

总部，那栋楼和它两旁的四层大楼没有任何区别。在三楼——这里不像分区的警察局，没人穿着室内拖鞋，闻不到烟草散发的臭味，氛围自然也没有那么轻松——他见到了三个人，其中一人负责问话，一人负责做速记，还有一人一直站在门口。沃洛佳看上去很可怜，下巴靠着椅背，反身坐在一把木椅子上。他穿着皱巴巴的深绿色学生制服。

他们让弗兰克指认被扣押的人，他说自己从不知道沃洛佳的姓氏或住址。

"嗯，我们知道。"问话的那人说，"你能确认，住在你位于利普卡街二十二号家中的包括你自己，你的三个婚生子女，一个负责开门的普通男仆，一个厨娘，一个帮厨，一个出生于弗拉基米尔的临时保姆兼家庭教师，一个看院子的杂务工，还有一个之前负责清洗油灯、家中通电后负责擦鞋和做各种杂务的伙计吗？"弗兰克确认了这些信息，同时也想申明，尽管这份清单很长，但他并没有过着奢华的生活。可别人都以为他过着那样的生活，否则他就算不上是个合格的雇主，同理可知，他不去利普卡街拐角处的理发店，而是自己刮胡子的时候，也不算是合格的雇主。问话的人刚才还在看一张卡片，这时将卡片翻了过来，补充道："你的妻子叶连娜·卡尔洛夫娜暂时离开了你。"

"我对此没有异议。"弗兰克说。

那人在卡片上做了个记号,继续说道:"格里戈里耶夫闯入你厂里时,打算印什么东西?"

"我觉得那种东西并不存在,可能只存在于他脑子里。"

"我的脑子是我自己的。"沃洛佳从椅背上抬起头来,喊道,"你们动不了它。"

没有人对沃洛佳的行为做出任何反应,这让弗兰克很失望,他原本希望他们把沃洛佳带走,永远消失在他面前。

"弗兰克·阿尔贝托维奇·里德,我们知道你打算返回英格兰,正试图把你的生意转让出去。过去的十八个月里,你获取了一份当着公证人的面发表的声明,称自己没有未偿还的债务;同时,你也获得了警方的许可证,在离开俄罗斯帝国时不会受到阻碍;此外,你还拿到了总督颁发的允许你出售印刷机构的特别许可证。这些文件已经翻译成英文,你也已经支付了指定费用,这笔费用用于保证翻译准确无误以及证明文件由受到本土法律认可的译者翻译。"

"我对此也没有异议。"弗兰克说,"我眼下不打算离开俄国，可我觉得我应该做好走的准备。所有这些文件都是通过合法手段获取的，而且也付了钱。"

"也可以通过合法手段让它们失效。想要再次拿到它们可就没那么容易了。"

"我相信不会有这个必要。"弗兰克说。

"我们打算让你做弗拉基米尔·谢苗尼奇·格里戈里耶夫的担保人，保证他品行良好。他自然会受到我们的监视，但你也有责任确保他不会参与任何颠覆性或是政治上反动的活动。"

"你没忘记他是非法闯入我厂里的吧？"弗兰克问，"我可没想过我会为他做担保。"

"你跟我说过，你希望我一切顺利。"沃洛佳用沙哑的声音说道。

"如果格里戈里耶夫更换了住址，我们会通知你。简单来说，如果他再次行为不检，我们将不得不考虑撤销你的出境许可；总之，只要格里戈里耶夫还在大学里，你就不能离开莫斯科。要是没有别的问题，你现在就可以走了。"

第三位警官打开了门，他在那里似乎只负责开门和关门。

二十三

*

没人提议再叫一辆出租车送他们走,于是他们一起步行走过一条条街道,晨间弥撒过后,人群正离开那里,朝红场走去。高空中以及地平线边缘的那些薄雾源于上一次降雪,而今它们变得愈发透明,后来则消失不见。钟声响起,象征着基督进入了耶路撒冷[1]。弗兰克四处张望,寻找着丽莎的黑色披肩。那里有成百条、甚至上千条黑色披肩,还有大量照看孩子的年轻女人。她一定在那里,他却找不到。

"我为什么没有第一时间把你交给警察呢?我实在是不明白。"他说,"你真是给我惹了个大麻烦。对了,最后是谁出卖了你?"

---

[1] 据《新约》记载,耶稣基督在棕枝主日这一天被耶路撒冷人民迎进圣城,受到民众对待君王般的欢迎。人们手持棕榈枝,把衣服和树枝铺在地上,耶稣骑在一头小驴上,披着大红的斗篷,在人们的欢呼声中走入耶路撒冷。教会以棕枝主日来庆祝耶稣基督荣进耶路撒冷,也以此来纪念耶稣基督为人们做出的牺牲。

"你这话是什么意思?"沃洛佳说,"是我自己报的警,我招了,如实承认了一切,告诉他们我非法闯入了你厂里。"

人群中有一些来自乡下、售卖褪色柳[1]的小贩,他们走遍了每条街,立于每个街角。按照传统,他们对顾客一言不发,递出红色的柳枝时也不提价钱。卖家和买家面对着面,场面显得很严肃。弗兰克觉得沃洛佳很可能身无分文,便给他俩都买了柳枝。若没有它们,两人无疑可以走得更远。

"咱俩相互原谅吧!"沃洛佳喊道。

"我向你保证我会尽力的。"弗兰克说。

"你也许觉得我疯了吧。"

"不,我没觉得你疯了。"然而沃洛佳似乎不愿放弃这个想法:"在你这个年纪,你和我一样,也疯了。"

"我没时间变成疯子。"弗兰克说,"要是我现在突然变成疯子,那也太尴尬了。"

克里姆林宫的围墙边全是搁板桌,桌子成排摆好,上面铺着白布。摊贩们提供的商品数量很多,但品种不多。

---

[1] 在棕枝主日这一天,教堂多以棕枝为装饰,有时教徒也手持棕枝绕教堂一周。在俄罗斯,因为棕榈枝叶很少见,所以大多数信徒使用褪色柳作为替代品。

所有人都在卖同样的东西，人群拥挤着继续向前走，面露惊讶地看着那些反复出现在眼前的商品——成桶成罐的格瓦斯、成串的面包卷、格瓦斯、面包卷、面包卷、格瓦斯……弗兰克买了一串面包卷，他一点儿也不饿，便把它们给了沃洛佳，沃洛佳一边吃起来，一边把面包卷挂在左手食指上荡来荡去。他再次提议他们应该相互原谅。

"我只希望你记住，某种程度上来说，你的表现会影响到我。"弗兰克说，"咱们也别提相互原谅这件事了。我不觉得你很危险。比方说，我很确定那天晚上你在我的办公室不是真的想杀我。"

"呃，这你可就大错特错了，弗兰克·阿尔贝托维奇。"沃洛佳急切地说道。他还很年轻，哪怕嘴里塞满了食物，说话还是很清楚。"我是真的想杀你。我之前还没解释过这件事。我本想开枪打你，可不幸的是，手枪出了些问题。"

"我不知道你这句话里的'不幸'到底是什么意思。"弗兰克说。可沃洛佳却急着要说下去："你把丽莎·伊万诺娃领回了家。所以我才要杀你。"

"所以你跟那些政治团体没有任何瓜葛？"

"是的，没有。"

"你也不想印刷任何东西？"

"是的,什么都不想印。"

"连探讨普遍的同情的那几页纸也不印?"

"普遍的同情是什么?"沃洛佳疑惑地问。

"可你出于某种原因,觉得自己对丽莎·伊万诺娃负有责任,于是你想除掉我。那你为什么不去我家,在那里朝我开枪呢?"

"那会引起非议的。如果丽莎住在某个外国商人家中的时候,那人遭到枪杀,那她可能会因此遇上大麻烦。"

"丽莎在我家里工作,就跟她在缪尔和梅里利斯商场工作一样。你绝不会跑到商场去,朝那里的经理开枪。你真的以为她和我在一起会遭受不幸吗?"

"我不知道,也许不会吧,也没什么区别。我想大声说我实在是受不了了。听着,求你了,我希望你能理解。竟然会有像你——弗兰克·阿尔贝托维奇——这样的人去接近她,跟她说话,对着她呼吸,甚至还有可能触碰她,这真叫人受不了。"

事实上,沃洛佳真的大声喊叫起来,就像是在某个遭到禁止的学生会议上讲话一样。"你自己跟她说过话吗?"弗兰克问。是的,沃洛佳似乎跟她说过好几次话,可每次都是在公开场合。他在普列奇斯登斯卡亚的公立图书馆见过她三次。他之所以去那里,是因为大学的图书馆在学生闹事期间闭馆了，而学生闹起事来则没完没了。在柜台忙了一天后，丽莎去那里看看杂志和报纸。馆内并不禁止低声说话，不过弗兰克仔细想了想，因为这些规定，沃洛佳可能很难有机会对着丽莎呼吸，或是触碰她。

沃洛佳的眼里满是没有流下来的眼泪，那眼泪晶莹剔透，越积越多，安努什卡有时候也这样，还一声不吭。他毫无预兆地丢下柳枝和没吃完的面包，伸出双臂搂住了弗兰克的脖子。

"你相信我说的吗？相信吗？"

弗兰克有种寡不敌众的感觉。

"我不想杀你。我刚才没说真话。我只是打算吓唬吓唬你。"

"是什么让你觉得我会被吓唬到？"

"我本以为你是个懦夫。"沃洛佳说，"可我错了，真的错了。"

"你为什么觉得我是个懦夫？"

"因为你从那位英国家庭女教师身边逃走了。"

弗兰克拿开了沃洛佳紧扣在他身上的长胳膊。他看见丽莎、多莉、本和安努什卡的背影从他身边走过，经过了伊维尔斯卡娅小教堂。鸽子从身体和腿的狭窄缝隙中穿过，想要衔起沃洛佳掉下来的面包。弗兰克逆着人流匆匆穿过广场,朝丽莎走去。等他赶上他们(这毕竟不是什么难事,因为伊维尔斯卡娅外面的人行道铺着粉色和灰色的小方块花岗石,而安努什卡只愿意走在粉色的花岗石上)的时候,孩子们手里满是柳枝,围住了他。他必须同意他们在学校放假期间和丽莎一起去乡间别墅,从复活节后的那个星期二一直待到沙皇皇后的命名日。弗兰克指出,森林里的地面上还会有雪,而在莫斯科,甚至连窗户都还没打开,此外里德卡也需要他,因为印刷厂还没放假。他问,如果他们不在,他应该做些什么。多莉说,她很确定格雷厄姆太太一定会经常请他到牧师那里去。

"你得以俄国皇帝陛下的健康起誓,说你会让我们去。"本大叫道。

"但你们不在的时候,你们的母亲可能会回来。"

"你在等她回来吗?"多莉问。

"不。"

安努什卡说她想让他抱着她。丽莎一言不发。毕竟他们只会离开几天。不管他们湿成什么样子,不管他们觉得多冷,若是不让他们去,那会显得他太不友善。

二十四

*

天空是蓝色的，那蓝色特别淡，几乎很难和白色区分开来。耶稣受难日[1]那一天，教堂里一片漆黑，寂静无声。复活节前的那个星期六，每个教区的人们都拿出数以万计的芝士蛋糕用来祈福。周一，家庭大扫除拉开序幕。每一块地毯都得拿到外面去拍打，垫子必须抬上来，窗帘必须取下来，毛皮衬里的外套得叠好后存放起来，床垫得撕开后重做，羽毛得一根根理好。托马找弗兰克商量，问他该不该打开窗户。你来定，弗兰克说。把家禽放出来吗？你来定。复活节后的那个星期一，邮差不派件，于是他亲自去米亚斯尼茨卡亚街西边的邮政总局取邮件。英格兰那边，只有查理寄来了一张复活节贺卡，上面有一张手工上

---

[1] 复活节的前一个星期五，基督教节日。耶稣受难日是纪念耶稣生命中最高潮的一周（即圣周）中最重大的日子。这一周是从复活节前的星期日（棕枝主日）开始，经复活节前的星期四（濯足节，纪念耶稣建立圣体圣血之圣餐礼的节日）和星期五（耶稣受难日，纪念耶稣为世人的罪被钉上十字架而死的节日）到复活节（星期日）结束。

色的照片——照片里有小鸡、小羊和小孩——还有一句印上去的引文。

> 若不见小人儿的踪影,
> 世界将变得多么无趣。

还有一封沃洛佳寄来的信,信封上规范地贴着邮票,信上写道:

尊敬的弗兰克·阿尔贝托维奇:

棕枝主日那天,我行事太过匆忙,恐怕有一件事没跟您说清楚。我可能曾向您暗示,您和丽莎·伊万诺娃之间要么实际上,要么有可能存在肉体关系。如今我想说,在更为深入地考虑了这个问题,考虑了您在莫斯科外商圈子里的名声,尤其是考虑了您的年龄后,我意识到,我的那些怀疑是毫无根据的。因此我希望收回它们。至于我们讨论过的其他内容,我的看法保持不变。诚然,别人也无法改变我的这些看法。

致以诚挚敬意

弗拉基米尔·谢苗尼奇·格里戈里耶夫

虽然没有这种习惯，但弗兰克还是把信完整地读了两遍。对于一个学生来说，这样的字迹实在是说不过去。

在利普卡街二十二号，大家已经开始打包行李，为几天后去乡间别墅做准备。仆人们一个也不去，不过他们倒是想去，为了有所暗示，便积极做起了一些不必要的事：把孩子们的衣服卷成一卷，用麻布裹好后缝起来，又把瓷器放入垫着稻草的板条箱中。"这些东西我们一样也用不着。"多莉说。这可和漫长的暑假明显不同，那时每个人都会去度假，于是他们储备大量的东西，仿佛在为围城做准备。"除了叶戈尔和马特缪娜，那里没有其他人。"她说的是一对老夫妻，来自离别墅最近的那个村子，负责看管那栋别墅。托马也认为，没必要把那些杯碟带给不懂欣赏的人。他还说，那两人天生愚钝，就算把他们放入茶壶煮上七年，也无法去除他们的愚钝。"托马，你应该很清楚，我压根儿不是这个意思。"多莉说。夜幕降临时，瓷器仍然放在门厅里，其中一半已从箱子里拿出来了。

弗兰克让丽莎先别上床睡觉。"有些事我想问问你，如果你得出门五天，我最好现在就问你。"

她站在门旁，面色平静。

"丽莎，你认识一个男人，一个叫弗拉基米尔·谢苗尼奇·格里戈里耶夫的年轻男人吗？"

"嗯，我认识。他遇到麻烦了吗？"

"你为什么会这么问？"

"他是个学生。"她一边说，一边稍稍耸了耸肩。

弗兰克想问她在哪里见过沃洛佳，想看看她是不是会讲出同样的故事，可又觉得这么做很卑鄙，也有失尊严。

"你在哪里见过他？"丽莎问。

大吃一惊的弗兰克改换了立场。"你说对了，他遇到了麻烦。不过，如果他是你朋友，我应该准备好帮他一把。"

丽莎看起来很困惑。

"你会帮他吗，弗兰克·阿尔贝托维奇？"

"不，老实说，我不该帮。"

"我不知道他谈到我的时候都说了些什么。他到底说了些什么？"

"他告诉我，他只见过你三次。"

"也许你可以把那算成三次，我不太确定。他以前经常去缪尔和梅里利斯商场，去柜台那里，在货品区闲逛。学生们什么都买不起。可商场里很暖和，普列奇斯登斯卡亚的公立图书馆里也很暖和。"

她继续说，沃洛佳曾写下一封短信，把它放进她读的杂志中，然后等着她翻页，直到她翻到它。"在公立图书馆里，这种事也不是特别奇怪。可你得用铅笔写。我打开那封信，信上写道：'你很有活力。我也很有活力。'"

"我没问你信里写了什么。"

"他遇到了什么样的麻烦？我想他只有二十岁。"

"而我可不止二十岁。这一点他也指了出来。"

丽莎出于礼貌，关切地看着他。然而，她似乎像以往那样，刚好能领会别人在说些什么，并对此做出正确而有效的回应；与此同时，某种秘密阴谋又迫使她听到了另一种声音。

"听我说，丽莎，"弗兰克抓住她的前臂说道，"既然我们把自己的私人信件里的内容告诉了对方，那我就再多说几句吧。这位格里戈里耶夫告诉我，竟然会有像我这样的人对着你呼吸、触碰你、接近你、跟你说话，哦不对，是跟你说话、对着你呼吸、接近你、触碰你，这回对了，这真叫人受不了。你怎么看这件事，丽莎？你的确很有活力。这难道就叫人受得了吗？是吗？"

她头一回将全部注意力放在他身上，或者说，即使他是在自欺欺人——"我猜我就是在自欺欺人。"他想——至少她之前从未将这么多的注意力放在他身上过。这也是他头一回向一个短发女人示爱。不用和那些发卡没完没了地打交道，真是方便极了。虽然血脉偾张，他知道她并没有大吃一惊。

"别留遗憾,弗兰克。如果你确定,如果你知道、并且一点也不怀疑你正在做的事是有用的,那就继续做下去吧,勇敢地继续做下去吧。"

是塞尔温,他能到这里来,肯定穿过了满是稻草和其他乱七八糟的东西的前厅。趁着弗兰克转过身来面对他的时候,丽莎悄悄脱了身,走出了房间。

"你在生我的气,弗兰克。可是,我的老朋友,俄国教会的那些神父把愤怒本身看作'黑色的恩典'。记住这一点很有用处。弗兰克,所有强烈的感情也许都是名副其实的恩典。"

"塞尔温。"

"弗兰克,我听着呢。"

"塞尔温,你如果不想你的牙齿出现在喉咙里,就给我滚出去。"

塞尔温登门拜访,很可能的确事出有因,但在那个特殊的时刻,他却没有机会把原因说出口;正当他迅速向前门撤退的时候,弗兰克爬上漆黑的楼梯,走到房子后面,敲响了丽莎的房门。他没想过门会锁,门也确实没锁,可他还是等在门口,直到听见她光着脚走在地板上过来开门。

一大早，他们便动身前往希罗卡亚。孩子们亲热地向他告别，却有些心不在焉，离开的人则同情那些留守的人。三月让他们非常激动。他们正走出那间依然封得严严实实、屋顶装着玻璃罩的房子，走进那清新、湿润的早春。

托马不停地说，那两辆把所有人和所有东西载到火车站去的出租车还在外面，司机在半明半暗中边等边吵嘴已经一个多小时了。托马还说，丽莎·伊万诺娃和孩子们必须按照老规矩——俄国的规矩——先坐上一分钟，然后再上路，以确保他们能安全回家。没有人理会他。从未获准进屋的布拉什尔不知所措地进了门厅；惊恐不已的它与其说是在吠叫，不如说是在哀号，同时还在疯狂摇着尾巴。人们让它出去，它却迷了路，只听得厨房里传来了它打翻重物的声音。丽莎穿着防水衣物出现了。

"你打算跟我说什么？"弗兰克在楼梯口问她。

丽莎似乎思索了一会儿，然后说："等到下星期六再说吧，弗兰克·阿尔贝托维奇。"

"看在上帝的分上，留下来陪我吧，丽莎。"弗兰克说。无从得知她是否听到了他说的这句话。看门人和厨娘在门厅里向他们道别，而无人看管的布拉什尔又一次慢慢地从厨房里走出来，用尾巴晃出一个大大的弧形。像布拉什尔一样，安努什卡也嗅到了离别的气味，并为此感到焦虑，她号啕大哭，舍不得离开。丽莎哄她重新安静下来，五分钟后，他们出发了。他几乎可以确定，她不可能听到他对她说的那句话。

二十五

*

乡间别墅住起来并不方便，且亟待修缮。可多莉和本却对它满怀热情，无比喜爱，这说明孩子和大人终究很难算同一个物种。不过，内莉之前也确实舍不得放弃它。而塞尔温自己没有乡间别墅，他也常去那里度过周六和周日。奇怪的是，在那里的时候，他表现得比在莫斯科更像是个普通的管理会计。

虽然三英里外有一个大型工业城镇，镇上还有工人住的城郊住宅区和宿舍，可只能通过森林边的一条伐木工用的铁路支线到达希罗卡亚。最近的村庄叫奥斯塔诺夫卡，因铁路小站而得名[1]。若想从那里去乡间别墅，最快的方法是步行穿越森林，行李则由搬运工的马车绕道运送。此外，搬运工每周会来两次，把水桶里的水加满。像墓碑一样沉甸甸的黑麦面包是从村子里买来的。茶是他们从莫斯科带来的。

---

[1] 奥斯塔诺夫卡（Ostanovka）即俄语 остановка 的英文转写，后者的意思为站点，类似于英文的 stop。

茶就着腌柠檬一起喝，腌柠檬一年到头都存放在乡间别墅储藏室的大桶里，同样存放在桶里的还有腌甜瓜、醋梨、腌苹果、大白菜泡菜、腌洋葱、腌李子和腌蘑菇。蘑菇被绳子串起来挂在顶棚上，按照类别可分为黏糊糊的黄油蘑菇、胖乎乎的铁锈色蘑菇、实际上是棕色的白蘑菇、巨大的松树蘑菇、有着红帽子的白杨菇以及桦树菇，这些蘑菇都是从树的北侧采摘的，因为那一侧永远不会干透。诺伯里的人们觉得很普通的那些蘑菇在这里却遭到鄙视。它们成了"没人要的蘑菇"，之所以把它们用绳子挂起来，全都是看在弗兰克的面子上，因为大家觉得他喜欢那些蘑菇。储藏室很潮湿，仿佛置身海底。桶是用橡木做的，表面覆盖着灰色的地衣，但没人见过橡树上长有那样的地衣。在莫斯科，如果你说某个人看上去像是从澡堂墙上刮下来的那样，那你就是在侮辱那个人；可这里的霉菌比任何澡堂里的霉菌都要厚，并且在乡间别墅的储藏室里不断蔓延，迅速滋生。多亏了强大的醋和伏特加——它们有效地保护了所有俄国人，让他们不致中毒而死——那些藏在桶里的水果和菌类才能继续腌制下去，安然度过持续数月之久的冬天。

别墅里有间浴室，但只有厕所一半大。浴室的工作原理相当简单。一个打了孔的锌制盖子下面铺了一层从小溪里弄来的石头，将枯树枝点燃便可以加热石头。火熄了以后，你走进浴室，关上门，拉开屋顶的格栅，直到叶戈尔露出那张脸、眯起眼睛朝下看着你，准备把一桶冷水泼下来，冷水遇到滚烫的石头，便腾起了让人感到闷热的水雾。弗兰克很清楚，浴室应该高出地面整整两英尺，可若是那样，整栋别墅也该如此。损坏的木板必须切掉，等边缘处变完整后，再用完好的木材替换切掉的部分。这栋破破烂烂且疏于照管的乡间别墅有一半已经覆盖苔藓，陷入了泥土之中，大量的腌菜和酒几乎在屋子里发酵，这一幕足以让一位热衷于在星期六做业余木匠的英国人——比如查理——几近落泪。

乡间别墅前面有一个用木板做成、但已摇摇欲坠的阳台，阳台横跨整个别墅，顶棚由刻有装饰性浮雕的柱子支撑着。夏天的时候，若天气炎热，人们能在那里消磨掉一整天的时间。抬起松动的地板需要的是勇气，而不是力量。地板之下有许多活物，既有动物，也有植物。你能听到碎步疾跑声和轻轻的摩擦声，若是弯下腰仔细瞧一瞧，还能看到闪闪发光的金属。之前的某位租客（包括森林、村庄和乡间别墅在内的整片土地都属于一位叫杰米多夫的亲王[1]，他更

---

1 杰米多夫家族是18至19世纪俄国一个显赫的贵族家族。其起源于17世纪的图拉，靠金属生意大获成功，并由彼得大帝册封为贵族。该家族的后代成为俄罗斯帝国最具影响力的商人和最早的实业家，据估测，在他们的鼎盛时期，他们是俄国第二富有的家族，仅次于俄罗斯皇室。

喜欢住在勒图凯[1])在冬天的时候为了安全起见,把刀叉留在了那里,又把它们给忘了,也许他再也没有回来过。那里还有一些槌球[2]用具,可话说回来,又有谁试过在希罗卡亚打槌球呢?但大约三十年前,带着全套槌球用具去乡下是一件恰如其分的事,也许乡间别墅那时曾拥有一片私家草坪。

正如弗兰克第一次租下此地时亲王的德国代理人向他解释的那样,那片森林偶尔会有人打扫,却从未修剪。树木紧邻别墅生长,曙光初露时,它们便将阴影投入每一扇窗户。森林始于离阳台仅有几码远的地方。林边长着榛树和白杨,还有大量的云莓、越橘和野生树莓,雪一化,空地上便长出青草。桦树林是真正的森林。它们为自己培养了一片深厚的土壤,其中满是落叶、种子、掉落的树枝和腐烂的树皮,这一切经过分解,便造就了地球上最为肥沃的土地之一。

随着幼小的桦树越长越高,树干根部的树皮开始出现裂纹,之后则形成深色和浅色的斑块。树枝上,黑白两色

---

[1] 法国的一个滨海市镇,距离巴黎较近,自1912年起被开发成为重要的旅游度假区。
[2] 一种在平地或草坪上用木槌击球穿过铁环门的室外球类游戏,又称门球。其起源于法国,在公元13世纪传入英国,在英国普遍开展。

交织在一起。嫩枝纤细，像鞭子一般，呈深褐色，还带有紫色的光泽。光亮的叶芽一裂开，嫩叶便散发出一种芳香，不像杨树那样浓郁，却更为原生态，更加令人难忘，那是属于荒凉之地的真实气息。雄花成对出现，浅色的雌花紧随其后。树叶从明亮的橄榄色变成了暗绿色，即使在风势减弱之时，它们依旧随风而动，生气勃勃。它们素来不霸道，不会完全遮住阳光。与松树林不同，不论树下生长着什么，桦树林总会给它们生机，让它们活下去。

春雨虽受欢迎，却也带来了麻烦，使情况更加复杂。雨滴沿着树枝向下流，直至最沉的嫩枝，然后冒险挂在枝头，上面是亮银色，下面是深银色。它们韧劲十足，显然打算不惜一切代价留下来。此刻若有小鸟落在枝头上——为了喝到水滴，它们有时会这么做——整个平衡似乎都会被打破。遭到侵犯的树枝不论大小，都弯下腰来，它们叹着气，一边转圈，一边来回摇摆，越过某个位置，又弹回来，希望能各自归位，复原到之前那幅千变万化的精致图景。而像椋鸟，乃至寒鸦和斑尾林鸽等个头很大的鸟儿，则会让更高处的树枝在清晨就陷入险境。

七月，那些颜色浅如粗磨粉的精致种子苞片从嫩枝上解放出来。空气中飘满了粉状的种子。没办法将它们挡在别墅外，只能扫成一堆，将几乎没有重量的它们堆在各个房间的角落，堆到阳台上。到了秋天，桦树的那股清香似乎已经消失；更准确地说，香味似乎已渐渐融入了另一种气味中，那是埋葬在泥土中的一切事物在腐烂时散发的气味——此时桦树上通常已挂满黄叶，可这时，树枝似乎太过纤细，无力承受嫩枝的重量，而对于叶柄来说，嫩枝同样太过娇弱。细长的叶子似乎正在向地面伸展，却面临后劲不足的危险。哪怕在森林中央，每棵树都有五六种不同的动静，树顶会因空气流通而骚动不已，树上的老枝则会随风轻轻摇动，它们通常不比新枝粗多少，却有着牢固的黑色根部。秋日的暴雨袭来之际，树木散发出另一种湿润的香味，如同煮过的茶叶散发的气味，又像澡堂的蒸汽浴室里成捆的桦树嫩枝散发的气味，光顾澡堂的人会用那些嫩枝拍打自己，将零星几片潮湿的树叶留在火辣辣的皮肤上。到了初冬，整片森林经过一番挣扎，似乎已筋疲力尽。空地上到处都是掉落的树干，等着某些活物从上面跨过。等到春天再度来临，这些树干将会沉入由泥土、苔藓和不计其数的甲虫组成的坟墓。

森林里还有其他乡间别墅，可它们都在西北方，离村子更近。到了晚上，不见一处灯光，也不闻半点人声。叶戈尔和马特缪娜盖好被子，躺在储藏室旁，睡得像死人一样。只听得见桦树发出的声响。

俄国的摇篮曲里唱道,困意沿着床尾走,说:"我困了。"倦意说:"我倦了。"第三天晚上,多莉醒了,她知道自己是被开门的轻微响动吵醒的,有人打开了通往阳台的那扇门。她并不惧怕那声音,反而期待已久。若是在家里,布拉什尔可能已经叫了起来,可这里只有一片黑暗。她穿上靴子和学校的大衣,走到阳台上。丽莎站在那里,靠着一根木头柱子,穿着防水衣物,头上裹着黑色披肩。

"你要出去吗,丽莎?"

"你听见开门的声音了?"

"嗯,听见了。"

"没关系。嗯,我准备出去。"

"去哪儿?"

"要是你没醒,也许更好,但你醒了。现在你得跟我走。"

她没牵多莉的手,甚至都没等她,而是走下阳台的台阶,走进了森林。小女孩跟在她身后,由于穿靴子时没穿袜子,只能拖着脚走路。她之前从没在晚上去过林子里。

有几条小路穿过桦树林,修它们是为了方便秋季狩猎。事实上,其中一条路几乎就在别墅对面,也许称它为跑马道也无妨。丽莎沿着那条路稳步前进,走在路中间,那里比被雨水冲刷得坑坑洼洼的两侧要高。路上并非一片漆黑。月亮挂在多云的夜空中，游走于不断移动的树枝间。一开始，多莉若是回头，还能透过别墅正面的窗户看见长明灯。这条路虽然看似笔直，可走着走着，灯光却消失了。别墅远远地落在了身后，在那里，本和安努什卡正四仰八叉地睡觉，睡着的他们和醒着的多莉分处两个世界。

走到另一条路与脚下那条路相交的地方时，丽莎停下脚步，环顾起四周来。

"多莉，你都一瘸一拐了。"

"我没事。"

"我现在没办法和你一起回去。"

"我没事。"

多莉不再想着自己或其他事情，只专注于独自忍着痛苦，奋力通过这片突然出现的幽暗地带。树叶的香气扑鼻而来，占据了整个嗅觉。她们向左转，又走了一段路，大概相当于从别墅出发，沿着第一条小路一直走到她们拐弯处的距离。接着，多莉开始看到，在她的两侧，在桦树丛生的树干中，有一种人手似的东西正不断移动，穿越黑白交错的树干去触碰彼此。

"丽莎，"她叫了出来，"我看到手了。"

丽莎再次停下脚步。她们站在一块月光照耀下的空地上。多莉看见每一棵桦树旁都站着一个紧靠树干的男人或女人。他们分开站着,身体紧紧贴着自己的那棵树。然后他们转过脸来,看向丽莎,发白的树皮衬托出他们脸上的白斑。多莉现在看到,他们的人数比她先前看到的多得多,一直深入到森林中树木最为茂密的地带。

"我来了,可我不能留下。"丽莎说,"你们,你们所有的人,都是为了我才到这么远的地方来的。这我知道,可我还是不能留下。你们也看到了,我不得不带着这个孩子。如果她把这件事说出来,没有人会相信她。如果她记住这一切,等到时机成熟,她便会明白自己看见的到底是什么。"

没人回应她,没人说话。没人离开树木的庇护,或是向她走去。丽莎像往常一样平静而镇定。她转过身去,开始重走之前已经走过的那条路返回别墅。多莉累得要命,步履艰难地跟在她身后。沿着那条主路走到一半的时候,她再次透过别墅的窗户看见了熟悉的灯光。她们到达别墅后,丽莎让多莉坐在阳台的一把旧藤椅上,脱下了她的靴子,用自己的披肩把她湿掉的脚擦干。两人都没有开口谈论之前发生的事情。多莉走进自己的房间,躺到了她和安努什卡共用的那张巨大的旧床上。她依旧能闻到桦树汁液浓郁的气味。那气味在屋内和屋外一样浓烈。

二十六

*

在利普卡街的家中,门厅里的稻草和垃圾都已被清理干净,那些本不该打包的瓷器和衣服如今也从包裹中拿了出来,布拉什尔则被关在了院子里,显得很不自在。弗兰克建议开窗迎接春天,却被告知,若是孩子们错过了"开窗仪式",他们一定会非常失望。他实在是想不明白,自己到底是中了什么样的诡计,或是被怎样的由头劝服,才会允许他们去那栋有些荒凉且破败不堪的乡间别墅;实际上,他迫切地需要领头的那位姑娘待在这里,待在自己的家里,并为此感到痛苦。

"我打算星期六去那里接他们。"他告诉托马。他已经禁止托马直接提到孩子们。"您就不能多等三天吗?您甚至都耐得住性子陪您内兄呢!"托马叫道。

邮件到了。没有从英格兰寄来的,有一封格雷厄姆太太寄来的邀请函——只是一场小聚会,若别人离开后他还愿意留下来,她会很高兴——还有一封国防部寄来的公函。公函写道,外籍居民、印刷商人以及曾经的印刷机进口商 F. A. 里德已被免除应对莫斯科大学学生 V. S. 格里戈里耶夫所负的责任,后者再次被预防性拘留。鉴于 F. A. 里德持有必要的许可证,现在已无人反对他和家人在方便时尽早离开俄罗斯帝国。

一开始,他们希望他留下来,而现在,他们又希望他离开。巨大的痛苦不由自主地涌上了弗兰克的心头,这是他头一回被这个壮丽非凡却摇摇欲坠的国家拒之门外;自从他出生以来,这个国家的历史就成了他的历史,而他几乎无法猜测它会有怎样的未来。秘密警察也许会再次改变主意。在这个国家,大自然代表的不是自由,而是法律;在这个国家,海港一个接一个从冰封中解放出来,过程极其宏伟;土地里的庄稼每三年必定会出现一次歉收;人类的当权者们断续登上舞台,莫名其妙地受到欢迎,又莫名其妙地落荒而逃。他们上周还对他持有一种看法,这周却换了一种看法,试图弄清个中缘由无异于浪费时间。不过他很清楚一件事:若是他不受当局欢迎,他安排起特维奥尔多夫的事情来也会相对容易一些。

棕枝主日前夕,特维奥尔多夫曾对弗兰克说,他希望能找个人取代他。他想去英格兰。

"如今那里大部分都是机器作业了。"弗兰克告诉他。

"可他们的俄文书是手工印刷的。"

特维奥尔多夫拿出一本托尔斯泰的《复活》——首个未遭审查人员删减的俄文全本。印刷该书的是黑德利兄弟公司[1],其位于伦敦最东端的主教门外大街十四号。

"我跟黑德利印刷厂没有私交。"弗兰克说,"可你要是想去,我可以给他们写信。你读过这本书吗?"

"我读了副标题、扉页以及书后的附加资料,"特维奥尔多夫说,"其余的我还没读。"

"这本书对福音提出了新的解释。对于那些明白如何改变自己生活的人来说,地球上真的会发生'复活'这件事。可这个版本没有通过合法渠道发行。如果我是你,我想我会把它处理掉。"

特维奥尔多夫毫无遗憾地把书放进了随身携带的书包里,他把原来经常背的那个皮包换成了现在这个包。弗兰克猜,那本《复活》会步沃洛佳的手枪、特维奥尔多夫的白色围裙和排版工具的后尘,被丢进河里,成为满是垃圾的浑浊浅滩的一部分,这些垃圾则会不分昼夜地迂回前进,直至流入伏尔加河。

---

[1] 黑德利兄弟公司(Headley Brothers)由赫伯特·黑德利和伯吉斯·黑德利兄弟二人在1881年创立于英国肯特郡的阿什福德镇。创立之初,公司主要为当地的企业印制纸袋、钞票和传单。取得商业上的成功后,公司也将业务扩展到报纸印刷等方面。

"弗兰克·阿尔贝托维奇,你觉得我能顺利拿到国际护照吗?"

"他们不希望熟练技工离开。"弗兰克说,"可另一方面,他们很乐意摆脱捣乱分子和持不同政见者。"

"我不是捣乱分子。"

"可一九〇五年的时候,你是工会的秘书,而且你现在还是支部的秘书。我觉得他们会放你走的,不过我不知道你还能不能回来。"

特维奥尔多夫的脸上没什么表情,他也并非故意如此,可现在,弗兰克察觉到他那张说不上是坚定还是木然的脸上,露出了不以为然的表情。他之前打算在英格兰挣到足够的钱,然后回到自己的乡下老家,柳树之乡伊夫尼亚克。

"那里现在还有柳树吗?"弗兰克问他。

特维奥尔多夫觉得已经没有了。他料想溪流已经干涸,毕竟地主早就获得了改道河流的许可。那里曾有座漂亮的木拱桥,可一九一一年,帝国进行了一场汽车的可靠性试验,而伊夫尼亚克正好位于官方指定的从波罗的海到黑海的路线上,于是木桥换成了混凝土桥。确实变样了,可那里依旧是他的家乡。那里也正是他这个老排字员理想中的埋骨之地。

"也许我可以自个儿去主教门外大街,暂时把我妻子留在国内。"

"我可不会这么做。"弗兰克说。

他默默地将伊夫尼亚克的那座桥的历史牢记在心里,打算把它复述给本听,本对可靠性测试有着狂热的兴趣。一天下来,他常发现自己在不知不觉中了解到一些孩子们或内莉——当她还在家时——很可能感兴趣的事实或事件。如果没人愿意听,他便安静地将它们抛到脑后。

读秘密警察的公函时,他突然想到,他最好立即在特维奥尔多夫的申请表上签字,最好由塞尔温来做第二个推荐人。他坐出租车去办公室办妥了这件事。塞尔温很高兴有人找他帮忙,他急切地签下了自己的名字,又建议他俩下班后一起去爱乐乐团的小礼堂听伊戈尔·斯特拉文斯基[1]的演出。弗兰克谢过塞尔温,说自己不太想出门。事实上,他发现自己的注意力几乎全放在了丽莎回到他身边的第一个晚上。塞尔温则继续劝说他。

"我觉得幕间休息的时候我们可以认真谈一谈。"

"去爱乐乐团认真地谈一谈无疑是个错误。"弗兰克

---

[1] 伊戈尔·斯特拉文斯基(Igor Stravinsky, 1882—1971),美籍俄国作曲家、指挥家和钢琴家,西方现代派音乐的重要人物。被誉为"音乐界的毕加索"。

说,"你为什么不来我家呢?你也知道,你随时都能去那里,或者说,几乎随时都能去。"

"我希望找一个合适的场合说那些我要说的话。"

"你的意思是,那些话只适合在音乐厅的茶点室里讲?"

"音乐总是能发挥作用,弗兰克。"

一个个形象通过那些不设防的空隙涌进弗兰克的脑海中,他看到了让他饱受折磨的丽莎,却没想到会看到可笑的沃洛佳,后者正向秘密警察辩护,坚称自己也很有活力。他只能靠手头的工作来忘掉这些念头。"总之,我希望把《三怪客泛舟记》印出来。明天是沙皇皇后的命名日,所有人都得休假,他们都不会来上班。"

"啊,弗兰克,可怜啊!那女人真是可怜!"

"我没空操心皇室的事。我打算下楼去纸张仓库。"

他满腹狐疑地望着塞尔温,塞尔温的脸色显得格外苍白。"今晚到我家来。"

塞尔温说:"首先我想说,我们——你和我——经常谈论人的两个层面,精神层面和肉体层面,我们这么说,就好像它们是截然不同的。大错特错!这两者应该是不可区分的,更准确地说,应该存在一种渐进式的变化,直到看似属于肉体层面的东西在外人眼中变成了某种完全不同的东西。"

"塞尔温，你在说些什么？"

"在说内莉。"

"我没听出来你是在说内莉。内莉和我都是很务实的人。我第一次见到她的时候，就觉得我从没见过比她表现得更理智的人。"

"可弗兰克，你却把她带到了神圣的俄国，一个有着巨大反差的国度。"

"我的事业都在这里。她知道这一点，而且她也没反对。"

"弗兰克，俄国没有改变你，因为你出生在这里。可是，难道你没有发现它改变了内莉吗？难道她整个人在性格上没有变得——就像本地人所说的那样——更加开阔吗？难道她谈论家庭的次数没有变少，去希罗卡亚的次数没有变多吗？"

"也许确实多了几次吧，我不知道。"

"内莉正在转向精神层面。不幸的是，她还没办法将它和浪漫主义区分开来，后者给它所触及的一切都蒙上了一层虚假的光芒。不久前，我试图向你解释，最近一段时间，我受到了性方面的诱惑和考验。你还记得吗？"

"不好意思，我不记得了。"弗兰克说。

"在内莉眼中，我也蒙上了虚假的光芒，我的朋友。"

"你在说胡话，塞尔温。她几乎从没说过跟你有关的事。"

"让我来告诉你发生了什么。我赶在她乘坐的火车驶进莫扎伊斯克之前，来到一个视野开阔、能看见火车进站的地方。你知道莫扎伊斯克，也知道那里的大教堂，它叫圣·尼古拉斯大教堂。呃，车站里有个餐馆离教堂不远，到博罗季诺前，乘客还能抓住最后一次机会去那里给茶杯添些热水。停车半小时。他们都下车了。我看见你的妻子和孩子们下车了。就是他们，错不了的。我认识那顶红色的苏格兰圆扁帽！内莉打发孩子们去了茶点室，上下打量起那个站台来。一个女人在等一个没来的人，这一幕真感人，弗兰克。小家伙们走了出来，她又对他们说起了话——说得很认真。搬运工把他们大大小小的箱子搬出了列车员车厢，还有一块毯子，我觉得那毯子是格子呢的。接着，内莉又一次环顾四周，看了很久——露出了无奈的表情！——然后把什么东西给了站长，我猜是钱，吻了吻孩子们。在此期间，我一直待在原地。我没暴露自己的位置。她在站台上一直等到最后一刻，等到铃声第三次响起，然后回到了自己的车厢里。我依然没暴露自己。"

"天知道我为什么会耐着性子听你说这些。"弗兰克说,"你的意思是,你本应该在那里见她?"

"弗兰克,提这个建议的,不是我。"

"可问题是,你见了她,还是没见她?"

"我已经把我做的告诉你了。我爽约了。"

"什么约?"

"她想和我一起去某个更自由、更天然的地方。也许在天空下有一片长着松树和桦树的森林,在那里,一对男女可以全身心地结合在一起,弄明白他们在这世界上到底该做些什么。"

"她为什么会把孩子们送回莫斯科?"

"我猜是这样,既然我辜负了她,她就不想带他们到诺伯里去了。"

"天哪,他们在诺伯里会比跟你在长着松树和桦树的森林里过得更好。好吧,照你的安排,你打算和坐火车去柏林的内莉在莫扎伊斯克见面。你为什么没那么做呢?"

"原因有很多。首先,我得考虑你——一位真正的朋友——的感受。其次,如果离开印刷厂,我就没了任何确定的收入来源,我很怀疑我有没有能力养活这么一大家子。"

"我开始明白了。你临阵退缩,让她陷入了困境。可怜的内莉，可怜的小女孩，被丢在了莫扎伊斯克这种鬼地方，在站台上走来走去，而你却激动得红了脸，再也没有现身。这个复活节我已经过得够压抑了，可我怎么也想不到内莉为什么非得这么做。"

"弗兰克，"塞尔温举起双手投降，喊道，"请别堕落到使用暴力的份上！坦白说，这是为什么我觉得在公共场合谈论整件事要更加合适——在那种地方，就算想诉诸暴力，你也没法如愿。"

弗兰克顿了顿。"我只想知道一件事。内莉现在在哪儿？"

"她去'翠绿草地'[1]了。"

"哪里？"

"某个托尔斯泰派的聚居地，有一回我跟她说过那地方在哪里。我说它是托尔斯泰派的，不过列夫·尼古拉耶维奇恐怕对大多数那样的地方并不认可。可那里有手工艺品，有种植蔬菜的菜园子，而且我敢肯定还有音乐……"

"你怎么知道她去了那里？连她的亲哥哥都不知道她住在哪里。她既没给我，又没给孩子们写信。"

"也没给我写信，弗兰克。"

---

[1] 据考证，"翠绿草地"的原型位于英国的珀利（Purleigh），确为托尔斯泰派的聚居地，建立于1897年，存在时间较短。

"好吧,那到底是谁告诉你的?"

"我是从缪丽尔·金斯曼那里得到的消息。"

"金斯曼小姐?"

"她答应经常给我写信。是这么回事,我也把她介绍给了'翠绿草地',因为她看起来很茫然,不知道该做些什么好,而且没什么钱。"

"我不想谈论金斯曼小姐。那地方在哪里?快告诉我,是个什么地方?"

"我可以告诉你,但恐怕没什么用。我今早收到了缪丽尔·金斯曼的信,她告诉我,内莉觉得自己不喜欢集体生活。"

"所以她离开了。"

"嗯,她已经离开'翠绿草地'了。"

"塞尔温,"弗兰克异常痛苦地说道,"你本可以早些把这一切告诉我的。"

"我已经尽力帮你了。"

"是啊,你为我找来了丽莎。"

"我曾不止一次试图向你详细解释我的所作所为。就在几天前的某个晚上,我还到你家来过——我丝毫没有批评你的意思,自然和人性是我唯一认可的标准——可当时我几乎没办法和你讨论,你和丽莎·伊万诺娃在一起,双手还放在她乳房上。可弗兰克,也许你不想讨论这起意外。"

"我不介意谈论丽莎,只要你别说她就像是风中的一棵桦树。她是实实在在的人,不是某起意外。"

塞尔温摇了摇头。

二十七

*

第二天早上,有人打来电话找弗兰克。"时间还早呢,托马。""是的,先生,可打电话的是亚历山大火车站的某个人。"

离七点还差一小会儿。"里德先生,你的孩子们已经是第二回独自出现在我们车站了。你方便立即来接他们吗?"

"我想和我大女儿讲话。"弗兰克说,"请把她带到你的办公室来。"

遥远的车站传来了人群涌动和机器摩擦的声音,信号铃声一度也清晰可闻,他就这样站在电话前,听着那些声音,似乎听了很久很久。

"我是达里娅·弗兰佐夫娜·里德。能听见我说话吗?"

她说得很清楚,却不像以往那样果断。

"嗯,听见你说话了。多莉,你们和丽莎做了什么?"

"她和我们一起去了奥斯塔诺夫卡。然后她把我们安置在一辆去莫斯科的火车的车厢里。我们都好得很。"

"那她呢?"

"她只是转身走下站台,我们都没法挥手告别。"

"可她现在在哪儿,多莉?"

"她当时打算乘另一辆车。"

"去哪儿?"

"老爸,我和本还有安努什卡还在这里呢。我该怎么办?"

到达亚历山大火车站后,他起初只看见了多莉。本去了清洗发动机的工棚,安努什卡正和头等车厢女厕所的服务员一起数钱。多莉正独自一人站在站长办公室外。她铆足了劲、紧紧抱住了他,用鼻子嗅着他那件刚从衣橱里拿出来的春季大衣,就像一只动物一样。两人紧紧抱在了一起。

她不愿和他分开。两个年纪稍小的孩子想回家,在家里,人们像迎接地震的幸存者一样迎接了他们。多莉和他去了里德卡,在他办公室里为客户准备的椅子上坐了一上午。

阿加菲娅从茶点间走了上来,手里拿着糖,准备像从前那样尽量伺候好办公室里的那位公主。看到多莉时,她停下脚步,手里还拿着棕白相间的糖棒。见喜剧效果没达到,她便把它们放回了包装纸里,向苍白且沉默的多莉点了点头。

"她正在帮我处理信件。"弗兰克说,可他这话听起来不太可信。

"上帝会让她成为你的帮手的。"阿加菲娅说。

过了片刻,他问了多莉一两个问题,问得十分小心,毕竟他也不确定自己想了解到什么样的程度。他们把乡间别墅的门都锁好了吗?把钥匙都给了叶戈尔和马特缪娜吗?——哦,嗯,都锁好了,都给了。——他们去了林子里吗?——嗯,去了。——小路很潮湿吗?——嗯,相当潮湿。——丽莎·伊万诺娃让他们待在火车上,在莫斯科下车,当时她说了她打算去哪儿吗?——嗯,柏林。她得去柏林。——弗兰克再也没问过与别墅之行有关的问题,无论是当时还是以后。

弗兰克本以为沃洛佳是个谋反分子,结果他只不过是丽莎的爱慕者。弗兰克原本非常肯定丽莎可以做他的情人,结果天知道她的身份到底是什么。如今,已经很清楚秘密警察为什么会支持他离开俄国。他有一批危险的员工,或者说,至少有一个危险的员工,一个假装帮他照顾孩子的危险的年轻女人。他让她逃跑了,更有可能是他安排了这次逃跑。比方说，他肯定没向当局汇报，就把证件还给了她。可不管当局现在怎么想，他们在棕枝主日当天肯定还没这么想；弗兰克想不出来，自那天之后，全莫斯科到底有谁能为他们提供这方面的线索。

到了中午，他觉得自己得带多莉回家。他让塞尔温和别尔诺夫继续工作。塞尔温出人意料地跟他握了手。

"请记住，我们都知道我们对彼此犯过错，所以我们才会紧紧联系在一起。"

另一边，别尔诺夫则问他，如果他们准备叫出租车，他能否和他们一起坐车，他想坐到亚历山大花园。到他的午饭时间了。在路上，他趁机告诉他们他正在认真考虑去英格兰的事。不，不是去游玩，是移民。他已经拿到了大部分必须填写的表单。

"那你明早把它们拿过来吧。"弗兰克一边说，一边觉得自己仿佛正在举什么重物，"你在英格兰有去处吗？"

嗯，查理告诉他，不论他什么时候去朗费罗路，他都会受到热烈欢迎。

河岸边，从去年活到今年的草在浸湿的土地中再次现身，有些不堪入目，同时现身的还有最先长出来的一丛丛嫩草。甚至在莫斯科，也能闻到绿草和树叶的气息，在过去的五个月里，这种事简直难以想象。

在利普卡街二十二号,安努什卡和托马来到前门,大喊道:"我们要开窗啦!"本正在门厅里起劲地摇动"爱慕"牌留声机的手柄,片刻后,从机器里传出费多尔·夏里亚宾[1]美妙的歌声,盖过了安努什卡的声音。

"我们都等不及啦,先生。"托马说,"冰都化了好几天了,孩子们也从乡下回来了,家禽得从棚子里出来,否则它们会生病的。"

"这些事全都由你来定。"弗兰克说,"去吧。"

实际上,母鸡已经出来了,它们在后院优雅地来回踱步,时而庄重地伸长脖子,时而在砖缝中肆无忌惮地乱翻一气,颇为邋遢。

弗兰克想,她并不是在假装照顾孩子们。她确实照顾了孩子们。她并不是在假装向我示爱。她确实向我示爱了。

整个早上,院子里的杂务工都在将玻璃内窗上的油灰除尽,他一块接着一块,一片接着一片地做着这件事。布拉什尔因为他不见踪影了很久,发了疯似的,时不时叫上一阵子,可杂务工活儿干得很慢。油灰除尽后凿子上一丝

---

[1] 费多尔·夏里亚宾(Feodor Chaliapin,1873—1938),俄罗斯歌剧演唱家,男低音,曾在世界各国众多歌剧院表演,主演多部电影如《伊凡雷帝》和《堂吉诃德》,出版大量唱片。

刮痕也没有,这时他像个领主一样,叫人把刮下来的碎屑擦掉。外窗和内窗间的空隙变成了漆黑一片,躺满了死苍蝇。这些苍蝇也得清理掉,窗台得用软皂冲洗一遍。接着,屋顶上的擦鞋男仆得意扬扬地冲着还在门厅里的本喊了一声,震得外窗——其中一些死死卡住了——嘎嘎直响,等到窗户完全打开,响动声才停下来。整个冬天,这栋屋子如同聋人一般,变得内向起来,只听得见自己的声音。莫斯科的钟声、人声、出租马车声、出租汽车声在此时闯了进来,整个冬天都没听见这些声音,它们仿佛只留下了模糊的痕迹;随之而来的还有春风,比在街上时感受到的更加清新,风不断吹进屋里,它们来自依然银装素裹的北部地区。

一辆出租马车在屋外慢慢停下。有不少这样的马车留存至今,供那些有闲暇时间或不愿花太多钱的人差遣。托马依旧灰头土脸,身上溅满了肥皂水;他边往外跑,边扣着灰色夹克的扣子。他打开门,内莉走进了屋里。